AF187001

Monika Hambuch wurde in den Fünfzigerjahren in der Kölner Südstadt geboren. Bis auf einen siebenjährigen Aufenthalt in Salzburg war und ist hier ihr Lebensmittelpunkt.

Nach dem Studium als Betriebswirtin arbeitete sie bei verschiedenen Banken und Finanzgesellschaften.

Seit Jahrzehnten ist sie leidenschaftliche Text-Täterin und veröffentlichte Kurzgeschichten in mehreren Anthologien.

Sie ist Mitglied der deutschsprachigen Vereinigung der Mörderischen Schwestern e. V.

Monika Hambuch

Das verschlossene Haus

Kurzgeschichten

Bibliografische Information der Deutschen Nationalbibliothek:
Die Deutsche Nationalbibliothek verzeichnet diese Publikation in der Deutschen Nationalbibliografie; detaillierte bibliografische Daten sind im Internet über http://dnb.dnb.de abrufbar.

Lektorat: Schneider & Schneider GbR
Korrektorat: Meike Licht

Herstellung und Verlag: BoD – Books on Demand, Norderstedt

ISBN: 978-3-7481-3953-9

Für Maike

DAS VERSCHLOSSENE HAUS

Wenn ich in meinem früheren Leben sonntagsmorgens zum Stadtrand fuhr, wo ich meine einsamen Spaziergänge machte, kam ich an diesem Haus vorbei.

Es strahlte eine eigentümliche Verlorenheit aus, als sei es aus der Zeit gefallen und an dieser Stelle liegen geblieben. Es schien ein Backsteinhaus zu sein, genau erkennen konnte ich es von der Straße aus nicht. Efeu hatte das Haus bis zum Dach eingehüllt und blieb das ganze Jahr grün. Die Fenster wirkten wie dunkle Höhlen und ich habe im Vorbeifahren geschaut, ob eines der Fenster Gardinen hätte, oder ob ich ein Fenster geöffnet sähe. Weder das eine noch das andere konnte ich entdecken.

Eines Tages hatte ich den Eindruck, der Efeu sei beschnitten worden und die Fenster lägen frei. Ganz sicher war ich mir nicht.

Seitdem schaute ich genauer hin. Stand eine Mülltonne vor dem Haus? Wenn ich vorbeikam, sah ich nie eine. Bemerkte ich in einem der Fenster Licht, wenn ich im November in den frühen Morgenstunden vorbeifuhr? Nichts dergleichen.

Das Haus machte mich neugierig, doch das war es nicht alleine. Etwas in meinem Inneren war getroffen, etwas, das ich vage spürte und das ich nicht benennen konnte. Es war eine eigenartige Anziehung, die das Haus auf mich ausübte. Und die Idee, selbst in diesem Haus zu wohnen, nahm allmählich Raum in mir ein. Ich stellte mir vor, wie es innen aussehen würde, und in Gedanken spazierte ich durch die Zimmer. Mein Gehirn erlaubte mir den Wechsel der Perspektive, und meine Vorstellungskraft zeigte mir kleine dunkle Räume, in denen ich stand und durch ein von Efeu verhangenes Fenster nach draußen blickte, wo ich mich selbst auf der anderen Straßenseite stehen sah und wünschte, ich könnte drinnen sein.

Zwei Jahre lang fuhr ich sonntags an diesem Haus vorbei und es ließ mich nicht los.

Inzwischen hatte der Efeu die vor Monaten freigeschnittenen Fenster wieder verhangen. Wie sonderbare Vorhänge hingen die Zweige vor den dunklen Scheiben. Ich spähte, ob ich Anzeichen von Bewohnern finden würde, entdeckte jedoch nichts. Je mehr ich begann, daran zu glauben, dass das Haus unbewohnt sei, umso größer wurde mein Wunsch, es zu besitzen.

Von diesen Überlegungen und von den Wünschen erzählte ich niemandem, weil ich fürchtete, dass man mich für verschroben halten könnte. Nicht, dass es verrückt wäre, ein Haus besitzen zu wollen, doch gerade dieses, das so hinfällig und unwirtlich, ja geradezu abweisend wirkte und für das sich offensichtlich niemand interessierte, sich dieses Haus zu wünschen, war ein wenig sonderlich.

Doch wem hätte ich es erzählen können? Privat pflegte ich keine Kontakte und was meine Arbeit anbelangte, konnte ich es vor Jahren einrichten, dass ich ein Büro erhielt, das im Keller abseits von allen anderen lag. Das war gut so. Ich war kein Mensch, der viel Wert auf Kontakte legte.

Eines Tages war ich entschlossen, mir Gewissheit zu verschaffen, und als ich von meinem Spaziergang zurückkam, hielt ich an. Als ich unmittelbar vor dem Haus stand, bekam es etwas Bedrohliches. Die Fenster waren von hier aus dunkel und unergründlich wie ein tiefer Brunnen und es war unmöglich, dahinter etwas zu erkennen. Ein frühmorgendlicher Sonnenstrahl, der seitlich auf ein Fenster im ersten Stock traf, wurde von einer Staubschicht abgewiesen wie von einem Abwehrschild gegen Laserstrahlen. Das Haus wehrte sich.

Beklommen stieg ich die wenigen Stufen zum Eingang hinauf und suchte nach einem Briefkasten oder Klingelschild, die mir einen Hinweis geben könnten. Nach längerem Suchen fand ich eine uralte Klingel, die lose an einem Kabel hing. Sie war unter dem Efeu versteckt. Einen Briefkasten entdeckte ich nicht, was meine Vermutung, das Haus könne unbewohnt sein, bestärkte. Ich wusste nicht, was besser wäre. Wenn das Haus leer wäre, könnte ich schwerlich erfahren, wem es gehört. Beim Grundbuchamt würde man mir ohne triftigen Grund keine Information geben. Wäre es bewohnt, schien die Möglichkeit, es zu mieten oder zu kaufen, gering, da die Bewohner, ob sie Besitzer waren oder nicht, es kaum aufgeben würden. Hinzu kam, dass ich nicht gerne mit fremden Menschen sprach.

Da stand ich vor einer fremden Haustür und versuchte, die Reste eines Namens auf dem verschmutzten Klingelschild zu lesen. Viel konnte ich nicht entziffern. Es könnte Schmitz, Schütz oder Schulz gewesen sein.

Dann verließ mich der Mut und ich ging zurück zum Auto. Vorher hatte ich noch einen Blick in den Garten geworfen, den ich von der Treppe aus einsehen konnte. Er war komplett überwuchert von Dornengestrüpp. Ich glaubte, dicke schwarze Brombeeren erkennen zu können. Zwei Bäume erhoben sich über den Wildwuchs, an einem hingen winzige Äpfel, die leuchtend rot waren. Mir fiel ein, dass Obstbäume im Laufe der Jahre kleinere Früchte hervorbringen sollen, wenn sie nicht beschnitten werden. In diesem Garten war zweifellos seit langer Zeit nichts gemacht worden.

Während der Heimfahrt grübelte ich darüber nach, was ich tun könnte. Als ich nach einer halben Stunde zu Hause angekommen war, schalt ich mich, weil ich nicht den Versuch unternommen hatte, zu klingeln. Um das wiedergutzumachen, schaltete ich den PC an und suchte im Telefonbuch unter „Sch" nach Anschlüssen in dieser Straße. Ich fand nichts. Schließlich besitzt heutzutage nicht jeder eine Festnetznummer und den Namen hatte ich nur geraten.

Obwohl ich noch die nächsten Tage darüber nachdachte, unternahm ich die ganze Woche nichts. Tagsüber arbeitete ich und abends wanderten meine Gedanken zu dem Haus. Als der nächste Sonntag nahte, nahm ich mir vor, einen zweiten Versuch zu starten.

Dann war es so weit. Erneut stand ich vor der Eingangstür, deren Lack einst hellbraun, nun ergraut und abgeblättert war. Es war eine von diesen alten Kassettentüren mit massivem Rahmen. Der hässliche Anstrich war gewiss erst in späteren Zeiten erfolgt. In der Mitte befand sich ein kleines Fenster, das mit einem Gitter versehen war, und keinen Einblick in das Innere zuließ. Ich sah nur mein eigenes Spiegelbild.

Diesmal wusste ich, an welcher Stelle unter dem Efeu die Klingel zu finden war. Ich drückte und hörte den schrillen Ton im Inneren des Hauses. Es rührte sich nichts. Ich blieb hartnäckig und klingelte fünf oder sechs Mal. Ohne Erfolg. Dann fuhr ich nach Hause.

Ab diesem Zeitpunkt fuhr ich jeden Sonntagmorgen zu diesem Haus, um zu klingeln. Die erste Zeit geschah nichts. Doch das Haus ließ mich nicht los. Eine Stimme in meinem Kopf sagte mir, ich dürfe nicht aufgeben.

Und tatsächlich, eines Tages wurde meine Geduld belohnt. Wie sich herausstellte, hatte das kleine Fenster in der Tür auf der Innenseite noch eine Klappe. Diese wurde geöffnet und es erschien ein Gesicht. Alles, was ich wahrnahm, waren zwei braune, reglose Augen, die mich anstarrten. Weiter nichts. Nach einer endlos langen Weile wurde der Laden geschlossen und ich blickte in das dunkle Fensterglas.

Nun wusste ich, das Haus war bewohnt, und nun wollte ich wissen, von wem. In den folgenden Wochen machte ich es mir zur Gewohnheit, zu dem Haus zu fahren, zur Haustür zu gehen und zu klingeln. Nach mehrmaligem Klingeln öffnete sich die Klappe hinter dem Fenster und die beiden Augen musterten mich. Hatte ich die ersten Male noch etwas gesagt, beispielsweise „Guten Morgen" oder „Wie geht es Ihnen?", unterließ ich später jedes gesprochene Wort. Auch das Gesicht hinter der Scheibe sagte nichts. Ich blieb vor der Tür stehen, und wenn nach einigen Minuten die Klappe geschlossen wurde, trat ich den Heimweg an.

Das ging einige Wochen lang. Ich klingelte, der Fensterladen wurde geöffnet, wir schauten uns an und schwiegen. Dann wurde die Klappe geschlossen.

Was eine Änderung dieses Rituals bewirkte, kann ich nicht sagen. Ich erinnere mich, dass es ein kalter Wintertag war und ich fror, sodass ich nach dem zweiten Klingeln aufgeben wollte. Da wurde völlig unerwartet die Tür geöffnet. Vor mir stand eine Frau, die recht alt sein musste, denn ihre Haut war schrumpelig wie ein zu lange gelagerter Apfel. Sie war erstaunlich klein. Wie jemand, der im Laufe seiner Jahre geschrumpft ist. Sie trug eine verblichene Kittelschürze mit einem altmodischen Muster. Darunter wirkte sie winzig und gläsern, als könne sie jederzeit zerbrechen.

Es wiederholte sich, was wir seit Wochen zu tun pflegten, diesmal ohne die Tür zwischen uns: Wir schauten uns gegenseitig an und sprachen nichts.

Nach einer Weile, es war in etwa dieselbe Zeitspanne, nach der sie gewöhnlich den Laden des Fensters schloss, drehte sie sich um und ging ins Haus. Die Tür ließ sie offen stehen und ich ging davon aus, dass ich ihr folgen durfte.

Das Innere des Hauses war in einem erbarmungswürdigen Zustand. Auf den ersten Blick hatte ich den Eindruck, die Zeit sei stehen geblieben. Eine schiefe Holztreppe führte nach oben, im Flur befand sich seitlich ein Spiegel mit blinden Flecken und an der Wand gegenüber zwei Hirschgeweihe mit Schädelknochen, die als Garderobe dienten. An ihnen hingen mehrere dunkle Kleidungsstücke und ein verwaschener Kittel.

Nun, wo ich in dem Haus stand, merkte ich, dass mir alles hier auf eine morbide Art gefiel. Als wenn eine alte Sehnsucht in mir aufgebrochen wäre, die ich bislang verleugnet hatte.

Geradeaus ging es in eine Wohnküche, in die ich der Alten folgte. Schäbige Küchenmöbel aus Holz waren rechts angeordnet, links ein Sofa, davor ein niedriger Tisch und daneben ein alter Ohrensessel. Sofa und Sessel wiesen Kratzspuren einer Katze auf. Fäden hatten sich vom Bezug gelöst und Teile der Polsterung kamen zum Vorschein. Durch das matte Fenster drang diffuses Licht und tauchte alles in ein an Verwesung erinnerndes Grau. Diese seltsame Idee hatte vermutlich der süßliche Geruch hervorgerufen, den die vielen Äpfel verströmten, die auf der Anrichte lagen.

Die Alte setzte sich auf das Sofa. Vor ihr auf dem Tisch lag eine große, mehrere Zentimeter dicke Kladde. Daneben rund ein Dutzend Bleistiftstummel. Die Alte nahm keinerlei Notiz von mir. Still saß sie da, die Hände in den Schoß gelegt, den Blick geradeaus gerichtet und schwieg. Ich setzte mich in den Sessel und schwieg ebenfalls. Wir saßen dort den ganzen Tag, bis es gegen Abend dunkel wurde, ich aufstand und ohne ein Wort das Haus verließ und nach Hause fuhr.

Mehrere Monate lang stand ich jeden Sonntagmorgen vor der Tür des alten Hauses. Hatte ich anfangs noch vor dem Besuch meine Spaziergangsrunde gedreht, gab ich diese bald auf, um eine Stunde länger dort sein zu können. Und als wiederum ein paar Wochen vergangen waren, dehnte ich meine Besuche auf das ganze Wochenende aus und versuchte, so viel Zeit wie möglich in dem Haus zu verbringen.

Ich liebte die Kühle des Hauses. Eine Heizung gab es nicht, nur der Efeu bewirkte eine leichte Isolierung. Als der Frühling kam, brauchte die Sonne lange, bis sie die Schutzschicht durchdrang.

Die meiste Zeit saßen wir in der Küche zusammen und keiner von uns sagte ein Wort. Die Alte sprach nie. Ich erkannte, dass sie meine Anwesenheit duldete, weil ich ebenfalls nichts sagte. Anfangs, als ich gelegentlich eine Frage stellte, sah ich an ihrem Gesicht, das sich verzog, als wäre ihr ein heftiger Schmerz widerfahren, dass sie kein Gespräch wollte, und ich wurde still.

Manchmal kritzelte die Alte mit einem der Bleistiftstummel etwas in die Kladde. Dabei fiel mir auf, dass an einigen Seiten an den oberen Ecken ein Stück Papier abgerissen worden war. Ich verstand nicht warum, wagte aber nicht zu fragen.

Gelegentlich stand sie auf und ging im Hause umher. Dann folgte ich ihr und das schien in Ordnung zu sein, denn es gab ihrerseits keinen Widerstand.

Die Nächte verbrachten wir in dieser Küche. Sie schlief auf dem Sofa und ich in dem Ohrensessel. Zwischen dem Wachen und dem Schlafen verschwammen die Unterschiede. Die Zeit tröpfelte dahin und nur intuitiv wusste ich, wann es so weit war, zu gehen. Das Haus zu verlassen, fiel mir von Mal zu Mal schwerer. Wie ein Klettband, das man nur mit Kraftaufwand lösen konnte, klebte ich an dem Haus. Und ich ahnte, dass ich irgendwann meine Angelegenheiten draußen schlicht vergessen würde.

Mit der Zeit lernte ich das Haus und später den Garten kennen. Im oberen Stock befanden sich mehrere Zimmer, die früher Schlaf- und Kinderzimmer gewesen waren. Die Räume waren einfach eingerichtet und das Mobiliar nicht so alt, wie ich vermutet hätte. Alles war seit Jahren unbenutzt und mit einer Staubschicht überzogen. Den Zimmern nach zu urteilen, gab es einst einen Mann und zwei Kinder. Fotos ihrer Angehörigen entdeckte ich nirgends. Nur über dem Ehebett befand sich ein Bild von einer Waldlichtung mit einem Hirsch.

Immer klarer wurde mir, was mir an der Alten gefiel. Es war diese stille Duldung, das absolut schweigsame Hinnehmen des eigenen Daseins und das komplette Ausblenden der Welt außerhalb des Hauses, ja sogar das Ausblenden der Welt außerhalb ihrer eigenen Person. Kein Wort hatte sie zu mir gesprochen. Nicht einmal nach meinem Namen hatte sie gefragt. Ich empfand in ihrer Gegenwart eine seltene Ruhe. Ich fühlte mich bei ihr völlig sicher. Immer schon hatte es mich gestört, wenn Leute mir unnütze Fragen stellten oder sinnlose Gespräche aufdrängten. Nicht umsonst hatte ich mir eine Arbeit gesucht, bei der ich alles über E-Mails abwickeln konnte und keinem Menschen gegenübertreten musste.

Die Kommunikation mit der Alten, wenn man es überhaupt so benennen konnte, kam ohne Worte aus. Sogar Gesten waren selten.

Eines Tages wurde ich Zeuge eines eigentümlichen Vorfalls. Es war ein sogenanntes langes Wochenende mit einem Brückentag, den ich mir freigenommen hatte. Ich blieb die ganzen vier Tage in dem Haus. Völlig unerwartet klingelte es am Freitag spätnachmittags an der Tür. Erschrocken blickte ich die Alte an. Wer konnte das sein? Bisher hatte ich angenommen, dass niemand hierher käme. Es folgte ein Klopfen an der Tür und eine Stimme rief:

„Mutter, ich bin's!".

Die Alte saß an ihrem Platz auf dem Sofa, ohne sich zu rühren, es schien sie nicht sonderlich zu interessieren. Als ich mich erhob, stand sie blitzschnell auf und schob sich zwischen mich und die Küchentür, die sie mit einer Hand zuschob. Da stand sie wie ein Wächter mit steinerner Miene. Von draußen drang, gedämpft durch zwei Türen, diese Stimme zu uns:

„Ich stelle es vor die Tür, wie immer."

Als Schritte sich entfernten, sah ich durch das Fenster einen Mann mittleren Alters, der sich vom Haus entfernte. Sein Rücken war stark gerundet, als trüge er unter dem Anorak einen Rucksack versteckt. Er stieg in ein altes, verbeultes Auto und fuhr davon.

Ich stand am Fenster, schaute dem Auto hinterher, da spürte ich die Alte dicht hinter mir. Sie schien zu warten, bis das Auto außer Sichtweite war. Dann drehte sie sich um und ging in den Flur. Bevor sie die Haustür öffnete, schaute sie noch vorsichtig durch das kleine Fenster, als fürchte sie, dort vor der Tür könne eine Gefahr lauern. Dann öffnete sie die Tür und holte einen alten Einkaufskorb herein. Das ging alles blitzschnell, als argwöhnte sie, es könne ein ungebetener Gast trotz aller Vorsicht eindringen.

In der Küche stellte sie den Korb auf den Tisch. Er enthielt hauptsächlich Äpfel, verschiedene Wurzelgemüse wie Möhren, Sellerie und Meerrettich. Obenauf lag ein Stück Käse. Alles ohne irgendeine Verpackung. In einer altmodischen Flasche befand sich Milch und ich erinnerte mich, ein oder zwei Mal eine Flasche auf der Vortreppe gesehen zu haben. Außerdem entdeckte ich ein Stück abgerissenes Papier mit ein paar bleistiftgeschriebenen Wörtern. Ihre Einkaufsbestellung.

Bis zu diesem Zeitpunkt hatte ich mir keine Gedanken darüber gemacht, wie die Alte zu Lebensmitteln kam. Ich habe sie nie anderes als Äpfel essen sehen. Die bescheidenen Sachen, die ich mitgebracht hatte, stopfte sie in meinen Plastikbeutel und gab ihn mir wieder mit. Im Übrigen hatte ich schnell eingesehen, dass es unmöglich war, in ihrer Küche zu kochen oder ein Essen zuzubereiten. Allein deshalb, weil es im Haus keinen Strom gab. Vor allem jedoch, weil mir klar wurde, dass sie es nicht wollte. Ich gewöhnte mich daran, wenn ich in dem Haus war, mich mit Äpfeln und Möhren zu begnügen.

Ein paar von den Äpfeln und das Stück Käse legte sie auf die Ablage zu den anderen. Zwei Möhren dazu. Mit dem Rest, der noch in dem Korb war, ging sie hinaus in den Flur. Vielleicht hatte ich die Tür, die sie jetzt öffnete, bisher nicht gesehen. Eines der Hirschgeweihe war an ihr angebracht, den Griff verdeckte eine alte Jacke. Dahinter führte eine Treppe hinunter in den Keller. Dort war ich bis zu diesem Tag noch nicht gewesen. Ich folgte ihr durch Kellerräume voller Gerümpel bis zu einer Tür, die hinaus in den Garten führte. Wie erstaunt war ich, als ich feststellte, dass sich unter all dem Dornengestrüpp ein Hohlweg befand. Drei oder vier Meter ging es durch den Garten, während ich mich fragte, wer diesen Weg ausgehoben hatte und warum. Die Wände waren aus lehmiger Erde und über uns dicht bewachsen. Ich wunderte mich nicht, dass ich vom Eingang des

Hauses aus nichts dergleichen erkennen konnte. Die Alte ging zielstrebig bis zu einem Bretterverschlag aus rohen, verwitterten Hölzern. Als sie diesen öffnete, sah ich, dass eine steile Treppe tief hinunter in die Erde führte.

Die Alte ging voraus, ich folgte. Am Ende der Treppe schätzte ich, dass wir zwei Meter unter der Erde waren. In einem Einlass in der Wand stand eine Laterne mit einer Kerze, die sie entzündete. Der anschließende Gang mündete in einen Vorratsraum. Hier wurde mir klar, dass es sich um einen Erdkeller handelte. Auf Regalen rechts und links lagerten Hunderte von Äpfeln, dazwischen Möhren und anderes Wurzelgemüse. Ich beobachtete die Alte, wie sie alles aus ihrem Korb sorgfältig auf die Ablagen legte, bis auf die Flasche mit der Milch. Sie stellte die Laterne ab und nahm stattdessen von einem der Regale eine Grabkerze, hiervon hatte sie einen großen Vorrat, zündete sie an, nahm die Milchflasche und ging zu einem im Schatten einer Ecke liegenden Durchgang.

Dieser Durchlass war lang und beklemmend eng. Da die Alte vorausging, konnte ich nicht sehen, wohin sie mich führte. Die Kerze verursachte ein unruhiges, flackerndes Licht, das dämonenhafte Schatten warf. Am Ende dieser Passage standen wir in einem schmalen Raum. Auf dem Boden standen mehrere Grablichter, von denen keines brannte.

Daneben lag, gebettet auf ein altes Sofakissen eine weiß-schwarze Katze. Sie lag auf der Seite und hatte alle Beine von sich gestreckt. Sie wirkte wie soeben verstorben. Ihr Fell war struppig und an einigen Stellen dünn, sodass die Haut durchschien. Maul, Nase und die Unterseiten der Pfoten wirkten, soweit ich das bei der schlechten Beleuchtung erkennen konnte, rosa. Ein wenig wächsern, aber in keiner Weise angegriffen. Obwohl ich sofort wusste, dass sie tot war, hätte es mich nicht gewundert, wenn sie in diesem Moment aufgestanden wäre, um uns zu begrüßen.

Die Alte füllte eine kleine Schüssel, die neben dem Kissen stand, mit Milch, stellte das Grablicht, welches sie mitgebracht hatte, dazu und trat den Rückweg an.

Hinter uns verlosch zischend die Flamme der Kerze und wir tasteten uns durch den dunklen Gang. Vor uns der matte Schein der in dem Vorratskeller zurückgelassenen Laterne. Ich bekam Luftnot. War es die Dunkelheit und Kühle der Kammer oder drang in diesen hinteren Teil des Erdkellers zu wenig Sauerstoff?

Erst als wir zurück in den vorderen Kellerbereich kamen, sah ich die lehmigen Wände. Auch Boden und Decke schienen aus Lehm hergestellt, die kühlschrankkühle Luft drang durch meine Kleidung und Feuchtigkeit ließ mich frösteln, aber den Äpfeln und den Gemüsen bescherte diese Atmosphäre Langlebigkeit. Vielleicht auch der Katze. Die Äpfel waren schrumpelig, aber weder Fäulnis noch Schimmel hatten ihnen zugesetzt.

Zurück im Haus und im Flur sah ich im Vorübergehen mein Spiegelbild. Ich ertappte mich, dass ich etwas von dem äußeren Erscheinungsbild der Alten angenommen hatte. Meine Haare waren stumpf geworden und viele weiße Strähnen ließen den Eindruck entstehen, ich sei um Jahre gealtert. Seit einiger Zeit band ich meine Haare im Nacken zu einem Knoten, wie es die Alte zu tun pflegte. Dass ich gleichzeitig abgenommen hatte und dünn geworden war, erstaunte mich. Unter den weiten Kleidern, die ich neuerdings trug, hatte ich es nicht bemerkt. Hier in diesem Spiegel, erkannte ich, dass der Stoff an mir herunterhing wie die Kittelschürzen an der Alten. Es gab noch etwas, das mir auffiel: Das Kleid, das ich seit Jahren besaß, hatte ein ähnlich altmodisches Muster wie die baumwollenen Kittelschürzen, welche die Alte trug.

In der Küche nahmen wir schweigend unsere Plätze ein und ich hatte Zeit, über den Keller nachzudenken. Einen endlosen heißen Sommer lang waren meine Gedanken in der stillen Kühle des Erdkellers gefangen. Ich kam längst nicht mehr nur an den Wochenenden in das Haus, alle Urlaubstage hatte ich bis zum Spätsommer aufgebraucht, um meine gesamte freie Zeit dort zu verbringen. Besonders unsere wöchentlichen Gänge in den Keller sehnte ich herbei. Wenn freitags der Sohn der Alten den Einkaufskorb vor der Tür abgestellt hatte und außer Sicht war, stiegen wir hinab. Tief unter dem verwilderten Garten empfingen mich feuchtkühle Luft und der Duft der Äpfel und erzeugten eine Vorstellung von Zeitlosigkeit und Ewigkeit. Obwohl unsere Besuche bei der Katze nur eine Minute dauerten, überkam mich dort in der abseits liegenden Kammer regelmäßig eine seltsame Schläfrigkeit und die Vorstellung, wie diese in einen endlosen Traum übergehen würde, falls ich länger dort verweilen würde.

Wenn wir später in der Küche saßen, übermannte mich eine geradezu zärtliche Sehnsucht nach dem Raum unter der Erde.

Die Zeit verging langsam in diesem Haus, und wenn ich hinaus in die Welt außerhalb trat, fühlte ich mich verloren und versuchte mich vor den Menschen zu verbergen, konnte jedoch dem Lärm, der Hektik und den Gesprächen nicht entkommen.

Ich reduzierte meine Arbeitsstunden, wünschte, ich könnte alles, was mein Leben bisher ausmachte, loslassen. Als der Herbst kam, die Bäume kahl wurden und der Regen endlos gegen die Fenster trommelte, stellte sich das Gefühl ein, dass ich meiner Vorbestimmung näher kam.

Der erste Schnee fiel früh im Jahr, es war erst Anfang Dezember. Er reflektierte das Licht der Straßenlaternen und warf es durch die nebelgrauen Fensterscheiben in die Küche.

In dem stillen Haus war es an diesem Tag stiller als sonst. Die Geräusche der Straße hatte der Schnee aufgesogen.

Drinnen waren Atemgeräusche vernehmbar. Die der Alten und meine. Gleichmäßig und leise waren sie Taktgeber für die Zeit, die verrann, wie der Sekundenzeiger an einer Uhr stückweise vorwärts rückt. Bis ich eine winzige Veränderung bemerkte, als sich das wiederkehrende Ein- und Ausatmen nicht zweifach wiederholte, sondern in der Stille nur noch ein Atem zu vernehmen war.

Ich saß mit geschlossenen Augen im Ohrensessel, horchte in den Raum hinein. Um sicher zu sein, hielt ich für kurze Zeit den Atem an und dann hielt auch die Zeit an.

Drei Tage saß ich in der Küche neben der Alten. Ich habe mich in dieser Zeit nicht einsam gefühlt. Sie war doch da, lag still auf dem Sofa und rührte sich nicht. Was konnte ich vermissen? Gesprochen hatte sie nie und ihre

Bewegungen und Gesten waren schlicht. Es war wie immer. Fast.

Ich aß nichts in diesen Tagen und trank nur hin und wieder ein wenig Wasser aus der Leitung. Ich saß in meinem Sessel, schaute auf die liegende Alte, auf den Küchenboden oder die Wand und mein Gehirn wurde ruhiger, mein Denken verlangsamte sich. Ich war vollkommen zufrieden. Es war wie eine Meditation oder wie ein Schlaf mit offenen Augen. Nein, es war viel besser. So stellte ich mir ein friedvolles Hinübergleiten in eine andere Welt vor, still, unbehelligt, sanft.

Am dritten Tag wusste ich, was ich zu tun hatte. Ich hätte seit zwei Tagen auf meiner Arbeit erscheinen müssen. Vermutlich hatte niemand mein Fehlen bemerkt. Wer vermisste mich schon in diesem Kellerzimmer, das mein Büro war und in dem ich meine Statistiken führte, von denen niemand wusste, dass es sie gab. Es war Zeit, mich freizumachen von allem, was mir nicht behagte und mich fallen zu lassen in das Nichts, das vor mir lag.

Spät in der Nacht, als niemand auf der Straße war, ging ich hinaus und holte mein Auto, das ich zwei Straßen weiter geparkt hatte. Ich fuhr es in die Garage. Das Tor ließ sich tatsächlich öffnen, wenn auch unter lautem Quietschen. Ich vergewisserte mich, dass es niemand gehört hatte, doch in den Nachbarhäusern waren um diese Mitternachtszeit alle Fenster dunkel.

Die Vorkehrungen, die ich im Inneren des Hauses und im Erdkeller treffen musste, waren schwieriger. Ich war bis zum nächsten Morgen beschäftigt. Zunächst holte ich zwei der Betten aus dem Obergeschoss und brachte sie in den Erdkeller. Das nahm Stunden in Anspruch. Ich musste sie auseinanderbauen und zusammensetzen. Es war ein einfaches Stecksystem, brauchte aber seine Zeit. Zudem konnte ich mich nicht lange in der letzten Kammer des Kellers aufhalten, weil mir die Luft ausging. Dann wickelte ich die Alte in ihre Decke und brachte sie hinunter. Sie war federleicht und die Totenstarre hatte sich gelöst.

Dort legte ich sie auf eines der Betten und drapierte sie, als ob sie schliefe. Es sah ganz natürlich aus, wirklichkeitsnäher als die Katze.

Ab diesem Tag war ich allein in diesem Haus, ich musste mit niemandem reden und niemandem Rechenschaft ablegen. Es gab hier nichts Lebendiges mehr außer mir, wenn man von den Mäusen absah. Die Stille im Haus war vollkommen.

Von außen drangen keine Geräusche herein und der Efeu schützte mich vor der matten Winterhelligkeit.

Nur das Surren der auf verschneiter Fahrbahn vorbeigleitenden Fahrzeuge vernahm ich. Und freitags das Klopfen und Rufen des Mannes, welcher der Sohn der Alten war und der Äpfel und Milch brachte. Wenn ich etwas brauchte, riss ich ein Stück Papier von einer Seite der Kladde, notierte, was ich benötigte und stellte den alten Weidenkorb mit Zettel vor die Haustür.

Nun war ich es, die die Katze regelmäßig mit Milch versorgte. Wieso die Schüssel nach ein paar Tagen leer war? Nun, die Mäuse brauchten auch etwas. Für die Alte hatte ich einen Teller in den Erdkeller gebracht, auf den ich ein Stück von dem Käse legte, den ich in dem Weidenkorb fand.

Wenn ich vom Keller zurück in die Küche ging, wo ich mich die meiste Zeit aufhielt, kam ich an dem Spiegel im Flur vorbei. Mit einem leichten Kribbeln unter der Haut nahm ich wahr, dass mein Äußeres mehr und mehr das Aussehen der Alten annahm. Ich war nicht nur dünner geworden, es kam mir vor, als sei ich geschrumpft. Mein Haar wurde grauer und meine Haut runzelig. Nur meine Augen blieben blau und meine Haut war bleicher als die der Alten. Hier hatte sich die Angleichung andersherum vollzogen. Die Haut der Alten war bleicher geworden. Wenn ich sie bei meinen Besuchen im Erdkeller betrachtete, dachte ich, sie sei jünger geworden. Glatt und porenlos und zart erschien mir ihre Haut. Wie mit einer Schicht aus Wachs überzogen.

Zunächst behielt ich den Platz in dem Sessel in der Küche bei. Ich wollte der Alten das Sofa nicht streitig machen. Das Sofa war auf eine seltsame Weise unantastbar für mich. Das dicke Buch auf dem Tisch war es aber nicht. Ich zog es zu mir heran und schlug es auf. Mehr als die Hälfte des Buches war leer. Die Alte hatte nicht viel geschrieben. Oft nur einen einzigen Satz. Manchmal ein einzelnes Wort. Nichts von allem, was sie niedergeschrieben hatte, habe ich gelesen. Ich hatte das Gefühl, es ginge mich nichts an. Es wäre mir vorgekommen wie eine Störung der Totenruhe. Die beschriebenen Seiten überschlug ich und begann an der ersten leeren Seite meine Geschichte zu schreiben.

Das zweite Bett im Keller war für mich gedacht. Ich stellte mir vor, dort zu liegen, still, in der Abgeschiedenheit dieses Erdkellers, unbehelligt von den Dingen, die draußen in der Welt vorgingen, konserviert für die Ewigkeit. Einsam wäre ich nicht, neben mir läge die Alte und vorn beim Eingang die Katze, daneben die Schüssel mit Milch, die, wenn ich endgültig in den Keller einziehen würde, leer bliebe. Und dann waren da all die Äpfel im Vorraum, die nicht gegessen würden. Die Katze brauchte die Milch nicht mehr und die Mäuse kamen allein zurecht. Und die Äpfel? Sie werden ebenso still liegen wie wir in der hinteren Kammer. Vielleicht werden sie mit der Zeit schrumpfen.

CRASH DOWN

Mirko Klein war Anfang vierzig, circa einen Meter achtzig groß und sah ausgesprochen gut aus. Das sagte seine Mutter jedem, ganz gleich, ob er es hören wollte oder nicht. Mirko hörte es selten, weil er sie bestenfalls zweimal im Jahr besuchte. In seinem dunkelgrauen Armani-Anzug wirkte er noch größer und schlanker. Sein dunkles Haar, in dem hier und dort ein helles aufblitzte, war millimetergenau geschnitten. Und wenn er millimetergenau sagte, dann meinte er es auch.

Peinlich achtete er darauf, seine 14-tägigen Friseurbesuche einzuhalten, ganz gleich, wie viel er zu tun hatte.

Bei diesen Friseurterminen schnitt Giacomo, der Starfriseur, exakt 3 Millimeter an exakt den richtigen Stellen ab. Im Nacken wurde leicht ausrasiert und über der Stirn, dort, wo sich die Haare durch einen grade gezogenen linksseitigen Scheitel teilten, ragten die Haare schräg zur Mitte in die Stirn hinein und endeten zwei Zentimeter über der Nasenwurzel. Von der Spitze dieser Strähne führte der Schnitt schräg zurück nach oben, sodass seine Haare hier eine Art Dreieck bildeten.

Mirko erledigte seine Friseurbesuche in der Mittagspause und sie dauerten in der Regel nicht länger als eine halbe Stunde, dann war er zurück an seinem Schreibtisch und notierte die Börsenkurse. Sobald er im vierten

Stock des Bankhauses eintraf, dauerte es vier Minuten, dann stellte ihm seine Sekretärin Lina einen frisch gebrühten Kaffee neben seinen Bildschirm und erinnerte ihn an seine Nachmittagstermine.

An jenem Montag erinnerte sie ihn an das Meeting mit der Geschäftsleitung, das für fünfzehn Uhr angesetzt war.

Deshalb ging er, nachdem er den Kaffee getrunken hatte, noch auf die Herrentoilette. Im Spiegel überprüfte er den Sitz seiner Krawatte, die farblich auf das violettblaue Hemd abgestimmt war. Er trug ausschließlich farbige Hemden. Er mochte dieses einheitliche weiß-hellblau, das der überwiegende Teil seiner Kollegen und Vorgesetzten trug, nicht. Er leistete sich diese kleine Extravaganz, um sich von den anderen abzusetzen. Und er fühlte sich gut dabei. Es gab einen hervorragenden italienischen Laden, der Hemden und Anzüge aus bestem Material führte und in dem er seine dunkelgrauen Anzüge kaufte. Bei den Anzügen war er konsequent, er kaufte ausschließlich dunkelgraue.

Er nahm zwei Papierhandtücher aus dem Spender und wischte damit seine glanzpolierten handgefertigten Schuhe sauber, denn draußen hatte es geregnet.

Er dachte mit Genugtuung an das Meeting, hatte er doch einen beachtlichen Erfolg vorzuweisen. Ein Geschäft, von dem er hoffte, dass es ihn ein paar Stufen nach oben bringen würde. Ein Stück in die Richtung, in die er wollte. Wenn er auf dieser Erfolgsspur bleiben würde, könnte er es bis nach London oder New York schaffen. Dort an den großen Märkten zu arbeiten, das war sein Wunsch. Der Senior Chef, mit dem er gesprochen hatte, war beeindruckt. Bald würde er das Geschäft der gesamten Geschäftsleitung vorstellen und signalisieren, dass er an einer Versetzung ins Ausland Interesse hätte.

Als er zurück in seinem Büro war, kam Lina herein.

„In zwanzig Minuten beginnt das Meeting. Vergessen Sie nicht, ihre Unterlagen mitzunehmen", sagte sie und legte die schwarze Mappe ordentlich und gerade in die rechte obere Ecke seines Schreibtischs. So wie er es wünschte. Sie würde alles perfekt aufbereitet und in der richtigen Reihenfolge sortiert haben, wie sie es immer tat.

Lina war die perfekte Sekretärin. In jeder Hinsicht.

Seine Blicke folgten ihren Beinen, die trotz schlanker Fesseln und hoher Absätze bemerkenswert kraftvoll auftraten. Für einen kurzen Moment vergaß er seine Umgebung, sein Blick richtete sich nach innen und er spürte ein seltenes sexuelles Verlangen. Irritiert wandte er sich dem Bildschirm zu. Er schämte sich, und es gab noch weitere Gründe, warum er diese Empfindung nicht zulassen wollte. Er hörte noch die Worte, die Lina sprach, als er zufällig ein Telefonat belauschte, in dem sie einer Freundin gestand, wie sehr sie sich Kinder und eine Familie wünschte. Das hatte ihm eine schlaflose Nacht beschert, in der Mirko zu der endgültigen Erkenntnis gelangte, dass eine Familie oder eine Frau zum jetzigen Zeitpunkt seines Lebens für ihn nicht geeignet sei.

Er wollte niemanden um Erlaubnis fragen, wenn er nach London oder New York versetzt würde. Er konnte sich ausmalen, wie schwierig das alles mit Frau und Kindern wäre. Für den Weg nach oben, den er sich vorstellte, war es günstiger, allein zu bleiben. Es reist sich besser mit leichtem Gepäck, dachte er. Und abends würde ihn niemand fragen, warum er so spät käme, wenn er bis zehn Uhr oder länger in seinem Büro bliebe. Er wollte nichts riskieren, was ihn in seinem Bestreben aufhalten könnte.

Heute konnte er das am wenigsten gebrauchen. Gleich bei dem Meeting sollte nichts ihn ablenken, wirklich gar nichts. Er musste sich darauf konzentrieren, seinen Weg zu ebnen. Heute, davon war er überzeugt, würde der Grundstein für seine internationale Karriere gelegt werden.

Eine knappe Stunde später verließ Mirko den Besprechungsraum. Die Angelegenheit war in einer Rekordzeit abgehandelt worden. Meetings dieser Art dauerten gewöhnlich Stunden, doch heute schienen die wichtigen Leute wenig Zeit zu haben. Seinem neuen Auftrag schenkten sie erstaunlich wenig Aufmerksamkeit, fand Mirko. Der Senior hatte die Parameter stichwortartig vorgetragen. Der Kreditprüfer hatte erstaunlich schnell und ohne Einwände abgenickt und man war eilig zur nächsten Sache übergegangen, bei der Mirkos Anwesenheit nicht mehr benötigt wurde. Lob hatte er keines gehört. Es ging um ein Millionengeschäft und wurde mit der Selbstverständlichkeit einer Banküberweisung abgehandelt. Mirko biss sich auf die Unterlippe. War sein Verhalten zu Beginn der Sitzung dafür verantwortlich?

Die Unterlagen waren nicht vollständig gewesen. Ein ungeheures Vorkommnis, das ihn gewaltig durcheinander gebracht hatte. Normalerweise lag jedes Blatt in der richtigen Reihenfolge in der Mappe. Heute fehlte eine Seite und bevor er es bemerkte, hatte er die falschen Zahlen genannt und musste sich korrigieren, schlimmer noch, er musste improvisieren, die Beträge aus dem Kopf aufsagen, sich darauf verlassen, dass er sich richtig erinnerte und da begann er zu stottern, fing sich aber gleich darauf wieder. Die erstaunten Blicke der anderen waren ihm nicht entgangen.

Jetzt stand er vor der gepolsterten Tür, war ausgeschlossen und konnte sich nicht erklären, was geschehen war. Sein Traum von London oder New York stürzte ein wie die Aktienkurse bei einem Crash. Und er fragte sich, warum Lina ihn im Stich gelassen hatte. Die perfekte, die zuverlässige Lina hatte bei der Zusammenstellung der Unterlagen ein Blatt unterschlagen und ihn damit in Schwierigkeiten gebracht. Er mochte solche Unsicherheiten überhaupt nicht. Er musste mit Lina reden. Das durfte nicht noch einmal geschehen.

Auf dem Weg zu seinem Büro wurde er auf dem Flur von einem der Kollegen aus dem Großraumbüro angerempelt, was ihn so aus dem Tritt brachte, dass er sich fühlte wie ein Betrunkener, der nicht gerade gehen kann.

Als er endlich die Tür zu seinem Vorzimmer erreichte, fand er es leer. Niemand war da und auf Schreibtisch, Sideboard und Regal stapelten sich die Akten. Was sollte das, fragte sich Mirko. Das Büro seiner

Sekretärin galt als das ordentlichste Büro des ganzen Hauses. Und wo war Lina? Nichts deutete darauf hin, dass sie vorhin noch da gewesen war. Keine Kaffeetasse und kein Wasserglas befanden sich auf dem Schreibtisch. Dafür diese Unordnung.

Er betrat sein eigenes Büro durch die Zwischentür, die er offen ließ. Wenn Lina kam, musste er sogleich mit ihr sprechen.

Zwei Stunden saß er reglos vor seinem PC. Ab und an ging am rechten unteren Ende des Bildschirms ein kleines Infofeld auf und kündigte das Eintreffen einer neuen E-Mail an. Er las keine davon.

Schließlich stand er auf, um sich auf die Suche nach Lina zu begeben. Er ging von Büro zu Büro, schaute hinein, schaute in die erstaunten Augen anderer Sekretärinnen, die ihn fragten, was oder wen er suche.

Er wanderte durch das Großraumbüro, stellte sich auf die Zehenspitzen, um über eine Stellwand zu blicken. Lina fand er nicht, die Fragen der anderen waren ihm peinlich und er antwortete nicht. Die Blicke spürte er wie Speerspitzen in seinem Rücken. Nach einer Weile, er hatte die ganze Etage abgegangen, lenkte er seinen Schritt zur Personalabteilung. Dort traf er auf eine verschlossene Tür. Von den fünf Personen, die dort arbeiteten, war offensichtlich niemand da.

Er kehrte an seinen Arbeitsplatz zurück und verbrachte dort weitere Stunden in nachdenklicher Stimmung. Außer den gelegentlichen Anrufversuchen im Personalbüro, bei denen aber niemand abhob, schien er zu keiner sinnvollen Tätigkeit in der Lage. Nur sein

Blick ging regelmäßig vom Bildschirm zur Tür, die weit offen stand und durch die er auf den Berg mit Papieren und Mappen neben Linas Bildschirm starrte, als wenn dort die Antwort auf seine Fragen zu finden sei. Quer auf seinem Schreibtisch lag die Mappe mit den Berichten und die Blätter schauten an allen Seiten hervor. Mirko starrte auf seine Arbeitsfläche, unfähig, dieses Chaos in Ordnung zu bringen. Ihn störte das Bild, das er sah, für ihn war es ein Synonym für seinen Misserfolg am Nachmittag bei dem Meeting. Zwar wurde das Geschäft genehmigt, doch seine Erwartungen waren nicht erfüllt worden. Auf eine Versetzung ins Ausland brauchte er vorerst nicht zu hoffen.

Gegen 22 Uhr, Lina war nicht mehr erschienen, löste er sich von seinen Gedanken, stand auf und verließ das Büro, ohne die Dinge auf seinem Schreibtisch zu ordnen.

Als Mirko am nächsten Morgen erwachte, hatte er auf seltsame Weise das Gefühl, dass dieser Tag anders war als andere. Er sah auf den Wecker; es war kurz vor acht Uhr. Vielleicht lag es daran, dass es dunkel war, und er das Licht anmachen musste, um sich in der Wohnung zurechtzufinden? Letzte Woche war es um diese Uhrzeit draußen hell. Gestern hatte er das nicht bemerkt und am Sonntag nach der Zeitumstellung erst recht nicht. Sonntags schlief er länger. Er hasste Sonntage, an denen er nicht arbeiten durfte. Die Geschäftsleitung sah es nicht gerne, wenn Mitarbeiter am Sonntag im Bankgebäude waren. Es blieb ihm nichts anderes übrig, als die Sonntage damit zu verbringen, lange zu schlafen und später auf seinem Laptop die Börsenkurse zu verfolgen, um sich neue Strategien auszudenken. Sonntags abends gegen 19 Uhr ging er in ein nahe gelegenes Restaurant und aß dort eine Kleinigkeit. Später saß er noch eine Weile vor dem Fernseher, obwohl ihn das nicht interessierte. Er dachte an das, was er am Montagmorgen im Büro erledigen würde.

Und an diesem Dienstagmorgen fühlte sich alles anders an. Das war ihm fremd. Daher war er bemüht, alles so zu machen wie jeden Morgen. Seit gestern Nachmittag hatte er mehr Abweichung vom Gewohnten erlebt, als er vertragen konnte.

Er frühstückte nicht zu Hause. Nur eine Tasse Kaffee aus seiner chromglänzenden, sündhaft teuren Espressomaschine nahm er, an die Küchenzeile, gelehnt zu sich.

Punkt neun Uhr verließ Mirko das Haus. Beim Bäcker an der Ecke kaufte er ein belegtes Brötchen und ging weiter zur U-Bahn. Von hier aus fuhr er zwei Stationen bis zum Bankhaus, und da die Züge nach neun Uhr morgens nicht voll waren, fand er die Fahrt einigermaßen erträglich.

Auf dem Boden gleich neben dem Treppenabgang, wo es zur Linie 16 hinunterging, saß dieser junge Mann mit dem Schäferhundmischling. Vor ihm stand ein leerer Kaffeebecher, in dem er das Kleingeld sammelte, das ihm Passanten hineinwarfen. Jedes Mal, wenn ein paar Münzen klingend in dem Becher landeten, bedankte er sich übertrieben höflich und wünschte einen schönen Tag. Man hätte denken können, dass es höhnisch klang. Er grinste auf eine freche Art und schaute den Leuten ins Gesicht. Zumindest versuchte er es, denn die meisten waren in Eile und liefen schnell davon. Vielleicht gingen sie weiter, weil sie spürten, dass sie verspottet wurden, dass der ungepflegte Mann auf dem Boden sie nicht ernst nahm in ihrem Eifer, pünktlich ihren Erledigungen nachzukommen und ordentliche Mitglieder dieser Gesellschaft zu sein. Sie wollten nicht ausgelacht werden von einem, der den Tag damit verbrachte, auf der Straße auf einer schmutzigen Decke zu sitzen und die Vorübergehenden anzubetteln. Alles, was sie wollten, war, schnell einen Euro loszuwerden, um sich gut zu fühlen. Die tägliche gute Tat, wie es der Pastor gelehrt hatte.

Aber genau genommen wusste Mirko nicht, was zwischen dem Penner und den Wohltätigen, die ihr Portemonnaie und Gewissen um einen Euro erleichtert hatten, geschah, weil er selber wie alle anderen nicht hinschaute.

Er warf gewöhnlich ein paar Münzen, das Wechselgeld vom Bäcker, in den Pappbecher und ging weiter.

„Schönen Tag wünsche ich!", rief dann die Stimme hinter ihm und Mirko drehte sich nicht um. Im Übrigen hatte er dem jungen Mann noch nie ins Gesicht oder in die Augen gesehen.

Wäre er gebeten worden, den Mann zu beschreiben, er hätte sich schwergetan, ein Bild von ihm ins Gedächtnis zu rufen. Nur an ein Detail würde er sich erinnern. Das war die braune Jacke, die der Mann trug. Ein Lederblouson, abgewetzt mit aufgesetzten Taschen und gestrickten Bündchen in einem altmodischen Stil.

Mirko war bei dem Mann angelangt und weil er sich an diesem Tag anders fühlte als sonst, blieb er stehen und schaute den Mann zum ersten Mal an, bevor er die Münzen in den Becher warf. Als der Mann mit aufgesetzter Höflichkeit „Guten Morgen" rief, erwiderte Mirko den Gruß, wie man einen Bekannten grüßt, dem man jeden Morgen auf dem Weg zur Arbeit begegnet und schaute in zwei stahlblaue Augen. Er glaubte, ein verschwörerisches Zwinkern wahrzunehmen. Der Hund, der neben dem Mann saß, hechelte und schaute zu Mirko auf. Für einen Augenblick schien es Mirko, als wenn er ebenfalls zwinkerte. Mirko ertappte sich dabei, zu lächeln, sogar ein wenig zu blinzeln, aber das war nur wegen der gleißenden Helligkeit, die die Morgensonne im Gegenlicht erzeugte.

„Schönen Tag noch und kommen Sie wieder", sagte der Mann, und das war das Zeichen für Mirko, weiterzugehen, damit er nicht zu spät ins Bankhaus kam. Nach ein paar Schritten blieb er am oberen Absatz der Treppe kurz stehen, drehte sich um und sah, wie der Mann leise auf den Hund einsprach und ihn mit einer Hand zwischen den Ohren kraulte.

Im Büro angekommen, fand er alles vor, wie er es am Abend zuvor verlassen hatte. Sein Vorzimmer war unordentlich und verwaist. Keine Nachricht von Lina. Sein eigener Schreibtisch kam ihm fremd vor, mit der unachtsam hingeworfenen Mappe, aus der die Seiten mit den Tabellen und Kurvendiagrammen herauszuquellen schienen, als wenn sie ihm davonlaufen wollten. Der Bildschirm zeigte dasselbe Bild wie am Abend zuvor.

Nachdem er minutenlang vor dem laufenden PC gesessen hatte und niemand kam, der ihm eine Tasse Kaffee brachte, schien es ihm, als wenn Lina die einzige

Person in diesem großen Haus, sogar in seinem Leben war, die seine Bedürfnisse kannte und erfüllte. Er nahm sein mitgebrachtes Brötchen aus der Tüte und aß es wie jeden Morgen, allerdings fehlte der Teller, den Lina vorsorglich mit dem dampfenden Kaffee brachte. Das Brötchen war knusprig und beim Hineinbeißen zersprang die Kruste und die Krumen flogen umher, bis auf die Tastatur und die Mappe mit den Unterlagen. Die letzten Bissen würgte er hinunter, als er sah, welches Chaos er anrichtete. Und da keine Lina kam, um die Krümel mit der Hand zusammenzustreichen und aufzufangen, war es ihm nicht möglich, ernsthaft zu arbeiten. Seine Tastatur wollte er wegen der Krümel nicht anfassen und seine E-Mails blieben weiterhin unbeantwortet.

Am Nachmittag, nachdem er stundenlang reglos in seinem Sessel gesessen hatte, in der steten Hoffnung, Lina würde jeden Moment erscheinen, raffte er sich endlich auf, um sich erneut auf die Suche zu machen. Die Tür zum Personalbüro war weiterhin verschlossen. Er verstand nicht, warum. Dort hätte man ihm Auskunft geben können oder eine Handynummer.

Die anderen Kollegen wussten nichts. Man zuckte die Schultern und schüttelte den Kopf. Einmal hieß es, Lina sei krank. Wann sie wiederkäme, konnte ihm niemand sagen.

Da er weder wusste, welche Termine er heute zu erledigen hatte, noch, welche Dinge er vorbereiten sollte, fühlte er sich hilflos. Selbst wenn er gearbeitet hätte, wäre keine Lina da gewesen, die alles in die richtige Form bringen, die Orthografie und Satzbau kontrollieren und die Tabellen übersichtlich formatieren würde.

Da konnte er genauso gut für heute Schluss machen und gehen.

Unten in der großen Eingangshalle saß der Pförtner, der an diesem Tag den Spätdienst versah. Er würde um 22 Uhr vom Nachtdienst abgelöst werden. Gewöhnlich traf Mirko den Nachtportier, wenn er das Haus verließ. Deshalb schaute der Mann verwundert auf, als Mirko grußlos dem Ausgang zustrebte.

„Na, dann einen schönen Abend!", rief ihm der Pförtner zu und lächelte verständnisvoll. Sicher wunderte er sich, dass Mirko um diese frühe Nachmittagsstunde das Bankhaus verließ. Und sein Lächeln ließ darauf schließen, dass er dachte, eine Verabredung könne der Grund sein.

Aber mit wem sollte ich mich verabreden, dachte Mirko. Und was soll ich jetzt überhaupt tun? Er beschloss, nicht die U-Bahn zu nehmen, sondern zu Fuß durch die Innenstadt nach Hause zu gehen. Er musste etwas tun mit dieser Zeit, die plötzlich und unerwartet vor ihm lag. Was verdammt noch mal sollte er am Nachmittag zu Hause?

Seine Schritte hallten noch auf dem Marmorboden wider, als er das schwere Portal aufdrückte und die Stufen bis zur Straße hinuntereilte. Die Art und die Geschwindigkeit, mit der er sich von dem imposanten Gründerzeitgebäude entfernte, glichen einer Flucht.

Wenige Hundert Meter weiter verschwand er in der Menge von Menschen, die um diese Zeit beladen mit Einkaufstüten die Innenstadt bevölkerten. Über ihm wurde der Himmel allmählich trübe und er ließ sich mit dem geschäftigen Strom treiben. Ohne konkretes Ziel oder Plan lief er eine Weile umher. Dann wurde es ihm zu viel, das Gedränge der Einkaufsstraße, die Nähe der unbekannten Menschen, die dicht hinter oder neben ihm gingen, die ihn streiften, deren Tragetaschen mit neu erworbenen Waren gegen seine Beine stießen, die Leiber, deren Gerüche an ihm vorbeizogen und das Stimmengewirr, das ihn wie eine Wolke einzuhüllen schien. Er fühlte sich an den Rand gedrängt, ging dicht an den erleuchteten Schaufenstern vorbei und ihn überkam der Wunsch, von all dem wegzukommen. Doch wohin?

Da bot sich die Gelegenheit, in eine Seitenstraße hineinzuschlüpfen. Sie war schmal und eng. Kleine Geschäfte reihten sich aneinander. Ohne viel Aufhebens existierten sie abseits der großen Einkaufsstraße. Keine Schaufenster mit Aufmerksamkeit fordernden Dekorationen, keine sensorgesteuerten Schiebetüren, die hektisch aufsprangen, wenn man ihnen zu nahe kam. Statt dessen Antiquitätenläden, Antiquariate, Trödel, Esoterisches, Alternatives. Wenige Leute schlenderten umher, mit einer Ruhe, die vermuten ließ, dass sie mehr Zeit als Geld mitgebracht hatten. Es roch nach altem Holz, getragenen Kleidern und der schwere Dunst von Patschuli und Sandelholz hing in der Luft. Er blieb vor einem Laden stehen, tat, als wenn er sich für den alten englischen Klapptisch interessieren würde und bemerkte dann den Lederblouson, der auf einem Bügel an einem Haken neben dem Fenster hing.

„Das ist eine alte A2-Fliegerjacke aus Beständen der US-Armee", sprach die junge Frau mit den blonden Rastazöpfen, die in diesem Moment die zwei Stufen aus dem Laden auf die Straße trat. Sie lächelte ihn an. Sie war hübsch, doch da war etwas an ihr, dass ihn verunsicherte. Es war dieses Gefühl, als wenn statt Blut eine andere heiße Substanz durch seine Adern fließen würde. Das überkam ihn gelegentlich, wenn Lina neben ihm stand.

Er ließ sich nichts anmerken. Er lächelte nicht zurück, sondern machte sein Brokergesicht.

Da die Frau ihn erwartungsvoll ansah, nahm er die Jacke vom Haken. Sie war schwer, das Leder abgeschabt, aber fest und kräftig. Innen war sie mit Schafsfell ausgekleidet, das bei ihm eine Erinnerung an Wärme auslöste.

„Sie ist aus der Zeit um 1940 und in ausgezeichnetem Zustand", ließ sich die Frau vernehmen. „Kostet nur 99 Euro."

Er tat eine Weile, als müsse er sich die Sache überlegen und gründlich abwägen. Eine Taktik, die er bei geschäftlichen Anlässen anwendete, um es dem anderen nicht zu leicht zu machen. Dann, einer Eingebung folgend, sagte er: „Ich nehme sie".

Die junge Frau eilte in den Laden, um kurz darauf mit einer großen zerknitterten Plastiktragetüte herauszukommen. Sie verstaute die Jacke, nahm das Geld entgegen und wünschte ihm viel Glück.

Nach dem Kauf fühlte er sich merkwürdig erleichtert. Jetzt wollte er gleich nach Hause. Nicht mit der U-Bahn, nein, er hatte sich entschieden, zu Fuß zu gehen. Die Lederjacke in der Plastiktüte wog schwer. Doch je mehr das Gewicht ihn nach unten zog, umso mehr fühlte er sich selbst unbeschwert und erlöst. Er spürte eine so bodenlose Leichtigkeit, dass er glaubte, er könne davonfliegen wie ein Luftballon, gäbe ihm die Plastiktüte mit ihrem Inhalt nicht die Schwere, die er benötigte, um am Boden zu bleiben und ihn zu erden.

Der Himmel hatte sich zugezogen wie vor einem Sturm. Trotzdem ging er ohne Eile. Er spürte, welche Befriedigung es ihm verschaffte, seinen Einkauf durch die Stadt zu tragen, und dieses Gefühl wollte er noch eine Weile genießen. Als er sein Wohnviertel erreichte, entschied er sich, einen Umweg durch den Park zu nehmen. Dass es zu nieseln anfing, störte ihn keineswegs. In der Mitte des Parks überkam ihn ein dringendes Bedürfnis. Er schaute sich um, sah, dass sich wegen des Regens kaum Besucher im Park befanden, trat dann in ein Gebüsch und erledigte, was er zu erledigen hatte. Und als der Regen heftiger wurde, beeilte er sich, weiterzukommen. Da blieb er mit seiner Hose an dem Ausläufer eines wilden Brombeerstrauchs hängen. Er registrierte es kurz, riss sich los und setze seinen Weg fort. Ohnehin war er inzwischen völlig durchnässt. Da war es auch egal, dass er versehentlich in eine tiefe Pfütze trat und das schmutzige Wasser in seine neuen Schuhe lief.

In seiner Wohnung angekommen, betrachtete er sich im Spiegel. Er sah die lehmverschmierten Schuhe und die zerrissene Hose. Die nassen Haare klebten an seinem Schädel. Da kam ihm die Idee, dass zu dieser Optik die Fliegerjacke weit besser passen würde als die triefende Anzugjacke. Also tauschte er das Jackett gegen die lederne Jacke aus.

Er betrachtete sich lange. Die Person, die er sah, erschien ihm zunächst fremd, nach wenigen Minuten gewöhnte er sich an den Anblick und je länger er schaute, schien sie ihm mehr und mehr vertraut zu werden. Als wenn er etwas erblicken würde, das bisher immer schon versteckt vorhanden war.

Eine Erinnerung tauchte in ihm auf. Ein Erlebnis aus seiner Kindheit, als er mit seinen Eltern im Urlaub eine Seidenraupenzucht besucht hatte. Dort sah er die grauen Raupen, die sich mit Seidenfäden eingesponnen hatten und in ihren weißen spindelförmigen Kokons an den Maulbeerblättern hingen. Vierzehn Tage braucht die Raupe, um sich zu verwandeln, dann schlüpft sie als Schmetterling aus ihrer seidigen Umhüllung. Er erinnerte sich lebhaft an seine Bestürzung, als er hörte, dass der Seidenspinner nicht fliegen kann und sein Dasein als Schmetterling wenige Tage währt. Und im Übrigen, dachte er damals, waren sie keineswegs so hübsch, wie er es von einem Schmetterling, der Seide herstellt, erwartet hätte.

Plötzlich überfiel ihn heftige Müdigkeit. Es schien, als wenn ihn der gedankliche Ausflug in seine Vergangenheit erschöpft hätte, doch diese Möglichkeit verwarf er gleich wieder. Sicher war es der ungewohnte Fußmarsch vom Büro nach Hause. Er zog sich die Schuhe aus, ging ins Schlafzimmer, warf sich aufs Bett und fiel in einen traumlosen Schlaf.

Als er am nächsten Morgen erwachte, stellte er fest, dass er noch die Kleidung vom Tage zuvor sowie die Lederjacke am Leib trug. Er schaute auf die Uhr. Es war zehn Uhr zwanzig. Um diese Zeit saß er gewöhnlich an seinem Schreibtisch. Lina hätte längst die Brötchenkrümel mit der Handkante der rechten Hand zusammengewischt und über den Rand der Tischplatte geschoben, wo die andere offene Hand sie auffing. Dann hätte sie die Krümel in seine leere Kaffeetasse fallen lassen und diese mitgenommen. Nachdem das geschehen wäre, würde er seine E-Mails beantworten.

Er stand auf, strich die zerknitterte Anzughose nach unten, betrachtete den Riss im Stoff, der die Form eines Fragezeichens hatte, und suchte seine Schuhe. Wenn ich bereits angezogen bin, dachte er, kann ich auch darauf verzichten, zu duschen.

Er ging noch mal in die Küche, sah das blinkende LED an der Kaffeemaschine, welches Bereitschaft signalisierte, beschloss jedoch, sich keinen Kaffee zu machen. Dann drehte er sich um und verließ die Wohnung, ohne Schlüssel, Portemonnaie und Handy mitzunehmen.

Aus der Haustür trat ein Mirko, der – mit der abgeschabten Lederjacke, der zerrissenen Hose und den schmutzigen Schuhen – wenig Ähnlichkeit mit dem Mann hatte, der gestern, etwa eine Stunde früher als heute, das Haus verließ.

Die Hausmeisterin vom Nachbarhaus, die gerade die Straße fegte, und ihn gewöhnlich freundlich grüßte, schien ihn heute nicht wahrzunehmen. Mit dem unrasierten Gesicht und den Haaren, die in alle Richtungen standen, würde ihn kaum jemand erkennen. Das war ihm selbst aufgefallen, als er beim Verlassen seiner Wohnung noch einen kurzen Blick in den Spiegel geworfen hatte. Und jetzt, als er an der Hausmeisterin vorbeiging, musste er belustigt lächeln, als er daran dachte.

Er beschleunigte seinen Schritt und pfiff vor sich hin. Kurz bevor er die Bäckerei erreichte, griff er mit einer Hand in die Hosentasche und holte eine Handvoll

Kleingeld hervor. Das war alles, was er bei sich hatte. Er zählte die Münzen. Dann betrat er das Geschäft. Der Verkäuferin, die ihn wie einen Aussätzigen anstarrte, machte er mit zwei Fingern ein Zeichen und zeigte dann auf die belegten Brötchen in der Auslage.

„Und zwei Coffee-to-go", bestellte er.

Er legte sämtliche Münzen, die er besaß, auf die Theke. Er würde sie nicht mehr benötigen. Er nahm die Brötchentüte und die beiden Kaffees, die die junge Frau in die Vertiefungen eines Behältnisses aus Pappe gestellt hatte, sodass er es mit einer Hand tragen konnte und verließ den Laden in Richtung U-Bahn-Station.

Vor dem U-Bahn-Gebäude, gleich beim Treppenabgang, saß, wie jeden Tag, der Mann mit seinem Hund und sah ihn beim Näherkommen erwartungsfroh an, als ahne er bereits, dass heute ein besonderer Tag sei. Ein Tag, an dem Unerwartetes geschehen würde. Doch eigentlich ist das Unerwartete für den einen überraschend, für den anderen jedoch vorhersehbar.

Nein, dachte Mirko, er hat es längst gewusst.

Vor dem Mann blieb Mirko stehen. Er reichte ihm das Tablett mit den beiden Pappbechern und fragte:

„Darf ich mich setzen?"

„Klar doch", grinste der Mann und rückte auf seiner alten Wolldecke zur Seite. Erst jedoch musste der Hund aufstehen. Dann nahm er die beiden Kaffees entgegen und Mirco ließ sich neben ihm nieder. Der Hund, von seinem Platz vertrieben, suchte sich eine neue Stelle, an der er liegen konnte. Dazu drehte er sich ein paarmal um die eigene Achse, stieg über die ausgestreckten Beine der beiden Männer und ließ sich dann an Mirkos Seite nieder. Mit einem Seufzer legte er seine Schnauze auf Mirkos Oberschenkel.

„Er mag dich", sagte der Obdachlose, wies mit dem Kopf auf den Hund und reichte Mirko einen der beiden Kaffeebecher. Mirko nickte, lächelte und nahm einen Schluck von dem Kaffee.

„Ich bin Mirko", sagte er dann, „und du?"

„Mirko!", sagte der andere. „Ich heiße Mirko."

Während sich die beiden in die Augen schauten, hatte er für einen Moment das Gefühl, als wenn er selbst noch einmal hier vorbeikommen würde. Vorbei an diesen beiden Männern auf der alten Decke, die sich die Hände an einem heißen Kaffeebecher wärmten und sich anschauten wie alte Freunde, um ohne Spott oder Hohn so zu tun, als wenn sie sich mit dem Kaffee zuprosteten.

DIE SCHWARZE NACHBARIN

Damian beobachtete Lucilla durch die Glasscheibe. Sie bewegte sich nicht, hatte sich zusammengerollt und verharrte in dieser Position. Der Name Lucilla erinnerte ihn an den der schwarzen Nachbarin. Die hieß Ludmilla, was ähnlich klang. Damian grinste und das, obwohl er vor der schwarzen Nachbarin einen Heidenrespekt hatte. Angst, nein, Angst hatte er nicht vor ihr, er liebte Gefahr, er war von Gefahren umgeben, da konnte ihn *Die Schwarze* nicht ängstigen. Aber aufpassen, das musste er.

Als er Lucilla diesen Namen gab, kannte er die Nachbarin und deren Namen allerdings nicht. Die war erst vor einem Jahr in diesem Haus eingezogen. Zusammen mit ihrem Mann. Als er die zwei das erste Mal zusammen sah, musste er lachen. Dass zwei derart unterschiedliche Menschen zusammenpassen sollten, war ihm ein Rätsel. Sie war eine große Walküre und überragte ihren Mann um mehr als eine Kopflänge. Genauer gesagt, konnte sie ihn unter den Achseln verstecken. Und das, obwohl sie flache Schnürschuhe trug. Der Mann hatte Damians Statur: ein Meter sechzig, schlank, drahtig. Wann er ihr den Beinamen *Die Schwarze* gegeben hatte, wusste Damian nicht mehr. Er hatte nie anderes als schwarze Kleidung an ihr gesehen.

49

Gerade Röcke, schwarze Strümpfe und dunkle Blusen, unter denen sich ein gigantischer Busen wölbte. Ihr Haar hatte sie schwarz gefärbt, pechschwarz und hexengleich zu einem strengen Knoten im Nacken geformt.

Erneut musste Damian lachen, als er daran dachte. Man konnte sagen, sie trug die Trauerkleidung schon, bevor der Mann verstorben war. Der Ärmste wurde nämlich von Tag zu Tag dünner und durchscheinender. Sah Damian ihn im Hausflur oder auf der Straße, kam es ihm vor, als wenn der Mann erneut ein paar Zentimeter geschrumpft sei.

Damian beobachtete die beiden durch den Spion, wenn er sie im Treppenhaus hörte. Traten sie unten aus der Haustür, flitzte er zum Fenster und schaute hinter der Gardine, wie sie nebeneinander über die Straße gingen.

Eines Tages war der Mann so klein und durchsichtig und unscheinbar geworden, dass er gar nicht mehr da war. Verschwunden. Wann? Wie? Das wusste Damian nicht. Vielleicht beim Baden in den Abfluss gerutscht, dachte er und konnte das Kichern, das ihn erschütterte, nicht unterdrücken.

Die Schwarze lebte seitdem allein in der Wohnung direkt neben seiner.

Da, hinter der Scheibe rührte sich etwas. Sofort war Damians Aufmerksamkeit wieder hier in seiner Küche und bei seiner Lucilla.

Er liebte es, Lucilla zu beobachten. Stundenlang konnte er in der Küche sitzen und zuschauen, was sie machte. Nichts bereitete ihm mehr Freude, als seine Lieblinge zu betrachten, ganz gleich, ob Lucilla, Ramses oder Nora. Wie sie sich bewegten, mit welcher Selbstverständlichkeit sie schliefen und Nahrung zu sich nahmen, das war stets aufs Neue faszinierend. Das hatte er schon als Kind geliebt. Nur die schwarze Nachbarin erregte seine Aufmerksamkeit mehr als alles andere, seit sie im Hause wohnte. Sie zu beobachten war interessanter als alles, was er kannte.

Er stand auf und ging ins Wohnzimmer. Vor Monaten hatte er für seine Bohrmaschine einen extra langen Bohrer gekauft. Damit hatte er ein Loch gebohrt, von seinem Wohnzimmer in das Schlafzimmer der Nachbarin. Glücklicherweise waren die Wände in diesem Haus nicht dick und das Bohrloch gewährte ihm Einblicke nach nebenan. Dann stand er vor dem Durchguck und spähte hindurch wie durch einen Spion. Wie viele Abende hatte er damit zugebracht, durch dieses Loch zu schauen? Ihm wurde heiß bei dem Gedanken daran, was er dort alles beobachtet hatte: die schwarze Nachbarin und ihren Mann! Dinge, die er noch nie im Leben gesehen hatte. Wie hätte er sich das vorstellen können? Viel zu weit war das entfernt von allem, was er jemals erlebt, gedacht oder gefühlt hatte. Zwar sah er nur einen Ausschnitt, doch das raubte ihm bereits den Atem. Das Bohrloch hatte zudem den Vorteil, dass Geräusche zu ihm drangen. Fordernde Worte und leise, erstickte Laute. Fasziniert von dem Gesehenen und Gehörten hatte er seine Nase gegen die Wand und das Auge vor das Loch gedrückt und komplett vergessen, die Mausefallen im Keller mit Käse zu bestücken. Nachts lag er wach, konnte nicht einschlafen und wie ein Film liefen die Erinnerungen an das Beobachtete in seinem Kopf in einer Endlosschleife ab. Meist war es nur ein schwarzes, wallendes Auf und Ab und oft wünschte er sich einen Spion mit Weitwinkel, wie er ihn an der Haustür hatte, weil durch das winzige Loch zu wenig zu erkennen war. Mit etwas Glück stand die Nachbarin in seinem Blickfeld, sodass er sie gut sehen konnte. Erst zog sie ihre schwarze Kleidung aus, als Nächstes dieses schwarze Ding, welches den Busen hielt, der sich, endlich befreit, in die Tiefe stürzte, bis zum Nabel und weiter, oh … oh Gott … Damian erschauderte bei dem Gedanken daran. Dieser kurze Augenblick, bis sie das schwarzglänzende Nachthemd überzog. Dieser Moment, bei dem ihm der Schweiß ausbrach und unglaubliche Dinge mit seinem Körper passierten. Ein nie gekanntes Gefühl, das Herzrasen, die wirren Gedanken, etwas Dunkles, das sein ganzes Wesen in Beschlag nahm und in Aufruhr versetzte, mehr noch als der Umgang mit seinen Lieblingen. Dieses Prickeln, die unterdrückte Erregung, dieser Nervenkitzel, wenn man weiß, dass es jetzt gefährlich wird, fast lebensbedrohlich.

Bei seinen Lieblingen, anders als bei der schwarzen Nachbarin, kannte er die Gefahren, konnte sie kalkulieren. Er wusste, wie er sich verhalten musste, wie der Dompteur im Zirkus, den er als Kind erlebt hatte: der mit den Tigern und Löwen. Dieser Tag im Zirkus, als er diese spezielle Aufregung zum ersten Mal gespürt hatte, da war seine Leidenschaft erwacht. Schade, dass man Tiger und Löwen nicht in der Wohnung halten kann. Sie sind zu groß und zu unruhig. Seine Lieblinge sind still und schweigsam und brauchen nicht viel Platz.

Es klingelte an der Tür und er wusste, dass sie es war. Wie immer schaute er erst durch den Spion. Er konnte es sich nicht erklären, doch das Spinksen durch den

Spion löste erneut diese bekannte Aufgeregtheit aus. Die Tür öffnete er einen Spalt, den er mit seiner schmalen Gestalt auszufüllen versuchte. Sie sollte nicht in seine Wohnung blicken, egal, wie sie sich den Kopf verrenkte.

Und ob sie den Kopf verrenkte! Obwohl sie groß war, reckte sie sich und versuchte über ihn hinweg in den Flur zu schauen, während sie in ihrer Hand einen Teller mit einem Stück Erdbeertorte balancierte.

Seit Wochen stand sie Abend für Abend vor seiner Tür, brachte ihm Kuchen, Kekse, Süßigkeiten. Zweifelsohne war sie eine neugierige Frau, die gerne einen Blick in seine Wohnung geworfen hätte. Doch es gab einen anderen Grund für ihr allabendliches Klingeln. Und das kam so:

Einige Zeit, nachdem der Mann verschwunden war, bat ihn die Nachbarin um Hilfe. Der Abfluss in ihrer Küche war verstopft. Sich um solche Dinge zu kümmern, war Damians Aufgabe. Für eine geringere Miete gab er den Hausmeister. Das hatte zusätzlich den Vorteil, dass sich niemand im Haus darum kümmerte, was er in seiner Wohnung tat und was er dort beherbergte. Auch für die Mausefallen im Keller interessierte sich keiner der Hausbewohner. Gehört es nicht zu den Aufgaben von Hausmeistern, den Keller mausefrei zu halten? Wobei Damian überhaupt nicht wollte, dass der Keller mausefrei wurde. Er ließ die Schlupflöcher und die Nester, die er fand, unbehelligt. Er versorgte die Mäuse mit Käse und Nüssen. Er brauchte sie lebendig.

Er empfand es als weiteren Vorteil seiner Hausmeistertätigkeit, dass er für Reparaturen im Haus und in den Wohnungen zuständig war. Er ging gerne in fremde Wohnungen und schaute sich an, wie die Leute lebten. Den Keller inspizierte er regelmäßig. Dort prüfte er seine Fallen und warf einen Blick in den Trockenkeller. Gestern hingen dort die schwarzen Büstenhalter der Nachbarin, riesengroße Schalen, in die er sich am liebsten hineingekuschelt hätte. Staunend hatte er davor gestanden und sich vorgestellt, wie er sich darin zusammenrollen könnte, wie eine Katze in ihrem Körbchen. Er betastete das glatte Material und rieb sich den Stoff an Wangen und Lippen. Die Lippen konnten die Weichheit des Stoffes besser ertasten als seine von den Handwerksarbeiten rauen Hände.

An jenem Tag vor drei Wochen kam er mit Eimer und Rohrzange in die Wohnung der Nachbarin. An der Garderobe hing die schäbige Jacke des Mannes, auf der Ablage lag sein Hut und neben der Tür standen seine Schuhe. Dabei war er schon lange nicht mehr da. An einem der Haken hing wie eine abgelegte Schlangenhaut ein Blaumann, der einen Geruch von Schweiß, Farbe und Bauschutt verströmte. Links sah Damian in das Schlafzimmer, in dem ein Einzelbett an der Wand stand. Mehr konnte er nicht erkennen, nur die weinrote Tapete mit den großen Mustern fiel ihm auf. Dort in der Wand befand sich das Bohrloch, sein Durchguck.

In der Küche schob er den Eimer unter den Abfluss und begann, mit der Rohrzange die Verschraubung zu lösen. Neben ihm stand *Die Schwarze*. Auf dem Boden kniend sah Damian auf weiche, fleischige Knie, eingehüllt in dunkle Nylonstrümpfe.

Ein Geruch, den er nicht einordnen konnte, bemächtigte sich seiner, er schien von ihren Beinen auszugehen und unter ihrem Rock hervorzuströmen. Er machte ihn schwindelig und seine Wahrnehmung trübe und seine

Kraft ließ nach. Er konnte den Siphon nicht lösen. Als er begann, darüber zu schimpfen, bückte sich die Nachbarin zu ihm hinunter. Wie zwei riesige Bälle fiel ihm ihr Busen entgegen. Den Ausschnitt ihrer Bluse vor seinen Augen sah Damian weiße Haut, viel weiße Haut, Massen von Fleisch, Haut und Gewebe. Alles drehte sich in seinem Kopf, es kam ihm vor, als wenn er einsinken würde in ein Meer wallender Wogen menschlichen Fleisches. Warm, weich, schwer und erdrückend, mit einem Odeur, das ihm die Luft zum Atmen nahm und ihn benommen machte.

Und tatsächlich konnte er sich später nicht erinnern, was danach geschah. Sein Bewusstsein kehrte zurück, als der Krankenpfleger, der im Dachgeschoss wohnte, ihn mit nassen Handtüchern und wohlwollenden Worten ins Leben zurückholte. Mit seinen kräftigen Händen gelang es dem Krankenpfleger anschließend, den Abfluss zu lösen und Damian konnte seine Arbeit fortsetzen.

Zurück in seiner eigenen Wohnung fühlte er sich benebelt, sodass er gänzlich vergaß nachzusehen, ob Ramses oder Nora die Maus vertilgt hatten. Er fiel erschöpft aufs Bett und schlief mit wirren und beängstigenden Träumen bis spät in den nächsten Vormittag hinein.

Am nächsten Abend stand sie vor der Tür. Mit einem Teller Kekse, von ihr selbst gebacken, wie sie betonte, und dankte ihm für seinen Einsatz mit vielen Worten. Worte, die wie eine schleimige Substanz in sein Gehirn drangen, sich dort festsaugten und jeden klaren Gedanken zu vertreiben drohten. Sie vermischten sich mit dem bekannten Geruch, der von ihr ausströmte und erneut überkam ihn ein seltsamer Zustand, der ihn zu ersticken drohte.

Seither stand sie jeden Abend vor seiner Tür und reichte ihm einen Teller mit Gebäck, Waffeln, einem Stück Torte oder anderen Süßigkeiten. Obwohl ihn jeder Besuch der Nachbarin an den Rand eines Panikanfalls brachte, wartete er Abend für Abend auf das Klingeln. Seitdem sie ihm täglich dieses süße Zeug brachte, aß er kaum etwas Richtiges.

Er konnte nicht anders, bereits mittags schaute er auf die Uhr, zählte die Stunden bis zu ihrem Besuch und gierte auf den Kuchen oder das, was sie ihm brachte. Da wusste Damian noch nicht, dass sie ihr klebriges Netz bereits gesponnen hatte.

Über ihre Neugier ärgerte er sich. Wenn sie dort vor der Tür stand und über seinen Kopf hinweg in seine Wohnung stierte, fühlte er sich klein und unbeholfen, als liefe er Gefahr, sich dieser mächtigen Frau auszuliefern, wenn sie mehr über ihn erfahren würde. Nein, hineinlassen wollte er sie nicht. Mit einem Danke nahm er den Teller entgegen und schloss schnell die Tür. Wer mit ihm in seiner Wohnung lebte, ging die Nachbarin nichts an. Niemand wusste über Ramses und Nora Bescheid. Schon gar nicht über seine geliebte Lactrodectus Kapito. Damian war nicht darauf erpicht, dass ihm Fragen gestellt würden über die Unterbringung oder die Sicherheit oder nach einer Erlaubnis.

„Nicht wahr?", fragte er seine Lucilla, die natürlich nicht antwortete. Sie hockte in ihrer Ecke und lauerte.

Dass sie so unglaublich still und lange warten konnte, faszinierte ihn stets aufs Neue. Dafür liebte er sie.

Auf dem Tisch stand der Kuchen. Er war oben mit einer Schicht Marzipan belegt, in die leuchtend rote Erdbeeren gebettet waren. Die Erdbeeren hatten die Farbe von Lucillas Flecken auf dem Rücken. Er stand auf, ging hinüber zu ihr und brachte sein Gesicht bis dicht an die Scheibe heran, um sich Lucillas Färbung anzuschauen. Als er sich umdrehte, ließ sich gerade eine dicke Fliege auf einer der Erdbeeren auf dem Kuchen nieder. Damian verscheuchte sie. Die Fliege flog davon und landete auf dem Gitter über Lucillas Behausung. Kurz blieb sie sitzen, flog wieder auf und umschwirrte die nackte Glühbirne an der Decke. Damian schaltete das Licht aus, das er an diesem hellen Abend ohnehin nicht brauchte. Sie flog abermals auf den Glaskasten zu. Beinahe wäre sie in die Rotlichtlampe geraten, die über dem Kasten hing. Das wäre ihr nicht bekommen. Damian war froh, dass sie es rechtzeitig bemerkt hatte. Er brauchte sie frisch und lebendig und nicht geröstet. Endlich stieß sie gegen das Fenster. Damian nahm den Plastikbecher und ein Stück Papier von der Anrichte, und als die Fliege sich damit abgefunden hatte, dass sie die Scheibe nicht durchdringen konnte, und kurz innehielt, stülpte er den Becher über die Fliege. Er schob das Blatt Papier zwischen Scheibe und Becher und die Fliege war gefangen.

Im Fliegenfangen hatte er Übung.

Vorsichtig hob er das Gitter an, welches Lucillas Glasbehältnis abdeckte, und stellte den Becher mit dem Stückchen Papier obendrauf hinein. Das Gitter legte er zurück an seinen Platz. Er nahm den Föhn, der neben dem Glaskasten lag, und schaltete ihn ein. Ein kurzer Luftzug reichte, um das Papier fortzuwehen und die

Fliege war frei. Vermeintlich frei, denn aus dem größeren Gefängnis konnte sie nicht entkommen und das war ihr sicherer Tod.

Damian wusste das. Die Fliege nicht.

Damian nahm den Teller mit dem Tortenstück und setzte sich mit dem Küchenstuhl dicht vor den Glaskasten. Während er aß, beobachtete er, wie die Fliege brummend gegen die Scheiben flog und sich gelegentlich ausruhte.

Als wenn sie es geahnt hätte, kletterte die Fliege die Scheiben rauf und runter und mied das Netz. Lucilla saß unbeeindruckt in ihrer Ecke. Sie wartete. Bis sich die Fliege endlich dort niederließ, wo Lucilla ihr Netz ausgelegt hatte.

Erschöpft, vielleicht unaufmerksam, setzte sich die Fliege in die Mitte des Netzes wie auf einen Präsentierteller. Dort blieb sie. Sie zappelte, das Brummen wurde lauter, je mehr sie versuchte, sich aus der Falle zu befreien, bis sie aufgab oder sie die Kräfte verließen. Und nun kam das Beste!

Lucilla war das Ganze nicht verborgen geblieben. Wie es ihre Natur war, hatte sie die Fliege beobachtet und gewartet, bis der Überlebenskampf der Fliege beendet war. Sie setzte sich in Bewegung und stelzte auf Netz und Fliege zu. In dieser Situation konnte Lucilla ganz schön aktiv werden, musste Damian bewundernd feststellen. Ein grandioses Schauspiel, wie sie neue Fäden spann und die Fliege einwickelte, die anschließend wie in einem Kokon von Lucilla davongetragen wurde. Geschützt unter dem Vorsprung eines Steinhaufens würde sie die Mahlzeit verzehren.

Als nur noch eine trockene Hülle von der Fliege übrig war, stand Damian auf und reckte sich. Er hatte einen wunderbaren Abend verbracht. Wieso gab es Leute, die abends vor dem Fernseher saßen? Es gab doch bessere Schauspiele!

Es war Zeit, in den Keller zu gehen. Damian schnappte sich eine Lebendfalle und schlich sich aus der Wohnung. Er versuchte, möglichst leise die Wohnungstür hinter sich zu schließen. Er konnte sich des Eindrucks nicht erwehren, dass *Die Schwarze* ihn gehörte hatte und hinter der Tür durch den Spion beobachtete.

Im Keller fand er eine Maus in einer Falle und nahm sie mit nach oben. Im Wohnzimmer stand ein zweiter, größerer Glaskasten mit zwei Heizstrahlern darüber. Vorsichtig schob er die Abdeckung beiseite, platzierte die Falle mit der Maus darin und öffnete die Falltür. Nach einer Schrecksekunde rannte die Maus hinaus und lief irritiert hin und her. Nun war die Zeit für Ramses und Nora gekommen. Auch dies ein Schauspiel, welches er liebte, allerdings nicht oft genießen durfte, schließlich dauerte die Verdauung einer Maus mehrere Tage.

In der Wohnung der *Schwarzen* gab es in den nächsten Wochen diverse Reparaturen zu erledigen. Ein Wasserhahn tropfte, die Wohnzimmertür ließ sich nicht schließen, am Küchenfenster trat Feuchtigkeit ein. Damian erledigte alles mit einer Mischung aus Neugier, Furcht und dem Mut eines Raubtierdompteurs. Er, der es mit gefährlichen Spinnen und tödlichen Schlangen aufnehmen konnte, durfte sich keine Schwäche anmerken lassen. Gegen die Schweißausbrüche und das Herzrasen, das ihn überfiel, wenn die Nachbarin bei seinen Reparaturen dicht hinter ihm stand, konnte er nichts tun. Dann spürte er die Luft, die sie ausatmete auf der haarlosen Fläche seines Oberkopfes und ihren weichen Busen im Nacken. Zum Glück wurde er nicht erneut in ihrer Gegenwart ohnmächtig, das wäre peinlich gewesen.

Dann passierte die Sache mit dem Parkett. Der Nachbarin war eine Kerze zu Boden gefallen und hatte einen hässlichen dunklen Brandfleck auf dem Holzboden verursacht. Damian rückte mit Schleifpapier an, fiel auf die Knie und begann den Fleck zu bearbeiten. Das Parkett war alt und das Holz entsprechend hart und trocken. Gelegentlich wischte er sich mit dem Ärmel seines Overalls über die schweißnasse Stirn und rieb und wischte mit festem Druck über die dunkle Stelle. Die Nachbarin lief im Wohnzimmer auf und ab. Aus seiner Position vom Boden aus, den Blick auf den Fleck gerichtet, sah er aus den Augenwinkeln schwarz bestrumpfte Beine von rechts nach links und zurück gehen. Das Schleifen des Bodens war anstrengender, als er gedacht hatte, und er benötigte mehr Luft. Obwohl er sich auf seine Tätigkeit konzentrierte, gelang es ihm nicht, die sich vor ihm bewegenden Beine mit den schwarzen Strümpfen zu ignorieren. Mit hektischen Bewegungen trieb er das Schleifpapier über den harten Boden. Je länger die Angelegenheit dauerte, umso mehr brachte ihn die im Raum umhergehende Nachbarin aus dem Konzept. Er atmete heftig ein und aus und nahm den eigentümlichen Duft wahr. Er verfiel mit den gleichförmigen, hin- und herschleifenden Bewegungen seiner Hände in eine Art Trance. Er war derart weggetreten, dass er die Stimme der Nachbarin lange nicht wahrnahm, die eindringlich

zu ihm sprach. Als er aus seiner Benommenheit auf-
tauchte, stürzte er wie von Sinnen aus der fremden
Wohnung und hinüber in seine Küche. Taumelnd rang
er nach Luft, stieß gegen das Glasbehältnis, in dem
Lucilla saß, und sackte schließlich auf dem Küchenstuhl
zusammen.

Wie lange er dort gesessen hatte, wusste er nicht
mehr. Wann er bemerkt hatte, dass das Gitter auf dem
Glasbehälter verrutscht war, konnte er nicht sagen. Viel
zu lange dauerte es, bis das, was er bemerkte, in sein Bewusstsein sickerte, und da war es zu spät. Sie war über
den Rand ihrer Behausung gekrabbelt und seilte sich
von der Anrichte ab. Als er es endlich fertigbrachte, sich
zu bewegen, flüchtete sie aus der Küche in den Flur. Er
musste sie einfangen! Sie war geschickt und schnell und
konnte sich überall verstecken. Im Flur bemerkte er,
dass er die Wohnungstür nicht geschlossen hatte und
für einen kurzen Moment befürchtete er, Lucilla könnte
in den Hausflur entwischt sein. Nervös schaute er sich
um, sah sie im nächsten Moment in der Dunkelheit des
Wohnzimmers verschwinden. Er durfte ihre Spur nicht
verlieren! Das war nicht leicht. Kein Lichtstrahl fiel
durch die zugezogenen Vorhänge. Nur die Rotlicht-
Lampen verbreiteten eine diffuse Leuchtkraft. Aufgeregt und vernebelt von dem vorangegangenen Erlebnis
bei der Nachbarin lief er gegen das auf dem Boden
stehende Terrarium. Quiekend sprang die Maus heraus.
Offensichtlich hatte keine der beiden Kobras Appetit
verspürt. Lucilla konnte er nicht entdecken. War sie in
eine Ritze oder einen Hohlraum gekrochen? Er ging auf
die Knie, krabbelte über den Teppich, hatte Angst, dass
er vor Unachtsamkeit Lucilla zerquetschen könnte. Er
glaubte, sie unter dem Sessel gesehen zu haben und ließ

sich bäuchlings nieder. Unter dem Sessel konnte er nichts entdecken, es war einfach zu dunkel. Er stand auf, um die große Deckenlampe anzuschalten.

Als er zum Lichtschalter trat, sah er den dunklen Streifen am Boden. Er glitt in eleganten Bewegungen an Damians Fuß vorbei, und just in dem Moment, als er das Licht anknipste, entwich der Schatten durch die geöffnete Tür in den Hausflur. Ob es sich um Nora oder Ramses handelte, konnte er in diesem Moment nicht erkennen. Ein Blick zurück zum Glasbehälter offenbarte ihm, dass beide Tiere verschwunden waren. Angeheizt unter der Wärme des Rotlichtes waren sie aktiv geworden.

Damian stürzte aus der Wohnung in den Hausflur. Eine südafrikanische Korallenschlange ist an der roten streifenförmigen Färbung gut erkennbar, die bei seiner Nora besonders ausgeprägt war. Gerade glitt sie die Treppe hinab. Bevor Damian ihr folgen konnte, wurde er durch das Geräusch einer sich öffnenden Tür abgelenkt. Nur einen Spalt wurde die Wohnungstür geöffnet und dahinter stand die dunkle Gestalt der Nachbarin.

Obwohl er nur einen Ausschnitt von ihr sah, ahnte er die erdrückende Größe und Breite ihrer Statur. Im nächsten Moment realisierte er die Hand, die sich durch den Türspalt schob und ihn am Oberarm packte. Wie ein Schraubstock hielt sie ihn fest und Nora verschwand aus seinem Sichtfeld. *Die Schwarze* zog ihn hinein in den düsteren Flur ihrer Wohnung.

Alles an ihr fühlte sich weich an wie Pudding, doch die gesamte Masse ihres Gewichtes war bedrohlich stark und mächtig, sodass er keinen Widerstand zu leisten wagte, als sie ihn mit ihrem Körper gegen die Wand drückte.

Sie hob ihn hoch und trug ihn hinüber in ihr Schlafzimmer. Dort schleuderte sie ihn mit einer Leichtigkeit wie ein abgelegtes Halstuch auf das schmale Bett. Bevor er durchatmen konnte, warf sie sich mit nahezu gleicher Leichtigkeit über ihn. Damian schwanden die Sinne.

Er rang nach Luft. Sein Oberkörper wurde zusammengepresst und seine Lungen komprimiert, sodass er weder atmen noch sprechen konnte. Keinen Zentimeter konnte er sich rühren, während die Nachbarin keuchend und in rhythmischen Bewegungen die Masse ihres Busens in sein Gesicht schleuderte. Mit Panik nahm er die Reaktionen seines eigenen Körpers war. Um sich abzulenken, tasteten sich seine Augen an der Tapete mit dem großen Siebziger-Jahre-Muster ab. Irgendwo über dem Bett musste das Guckloch sein. Er fand es nicht, lange fand er es nicht. Zwischenzeitlich hatte er mehrmals das Gefühl, die Besinnung zu verlieren, und das große rote Tapetenmuster verschwamm vor seinen Augen.

Während er fühlte, wie ihn eine ungekannte Mattigkeit und Schwäche überkam, schien die Nachbarin erstaunliche Kräfte zu entwickeln. Sie kam mehr und mehr in Fahrt. Sie presste, drückte, würgte ihn. Oh, wie hatte er sich das gewünscht und doch nicht geahnt, wie es sein könnte. Es war zu viel für ihn. Seine Augen suchten das Bohrloch, um nicht etwas anderes zu sehen. Es schien, als wenn das Muster der Tapete waberte, er konnte seinen Blick nirgendwo festhalten, alles floss ineinander und Nebelwände schoben sich vor seine Iris.

Aber da! Da war doch etwas! Dort ungefähr in der Höhe, wo sich das Loch befinden musste, nahm er eine Bewegung wahr. Sicher konnte er sich nicht sein, so wie er gedrückt, geknufft und geschüttelt wurde.

Von den Händen der Nachbarin wurde er geknetet und eine Menge schweren duftenden Frauenfleisches klatschte in sein Gesicht. Tellergroße Brustwarzen tanzten vor seinen Augen und wurden größer. Als sein Sichtfeld wieder frei war, konnte er den runden schwarzen Körper mit den roten Streifen und tastende Spinnenbeine erkennen. Kurz nur konnte er es wahrnehmen, dann nahmen ihm die schwarzen Hexenhaare die Sicht, als die Nachbarin ihren feuchten großen Mund auf seinen drückte. Als sie sich aufrichtete und ihre Haare beiseiteschob, konnte Damian endlich etwas erkennen.

Dort an der Wand!

Lucilla!

Sie war gekommen, ihn zu retten.

Überzeugt, sie könne seinen Hilferuf hören, wollte sein Mund den Namen Lucilla formen. Da wurden seine Lippen erneut verschlossen von dem klebrigen Speichel der Nachbarin.

Nachdem Damian Lucilla entdeckt hatte, bemerkte er eine Veränderung. Alles, was sich vorher in rasender Geschwindigkeit ereignete, schien jetzt in Zeitlupe zu geschehen. Damian sah, wie sich Lucilla langsam an einem seidenen Faden herabließ, auf das Bett, auf die beiden im Bett ringenden Gestalten. Wenige Zentimeter und sie würde auf dem Rücken der Nachbarin landen.

Plötzlich umschlang die Nachbarin ihn mit Armen und Beinen. Wie ein Kokon war er gefangen und eingehüllt in ihre Fleischmassen. Und als hätte sie die ganze Zeit noch nichts Anstrengendes getan, warf sie sich mit einem Juchzen auf den Rücken. Nun lag er auf ihr, umfangen von ihren Gliedmaßen, die ihn wie Fesseln banden. Für Befreiungsversuche fehlten ihm die Kräfte, die körperlichen und die mentalen. Als hätte die Nachbarin alle Säfte aus ihm herausgesaugt. In ihrer Umklammerung kam es ihm vor, als fiele er tief und tiefer, als versinke er in einem Ozean aus warmer, schleimiger Flüssigkeit, es rauschte in seinen Ohren, die dunklen Brustwarzen entglitten ihm, ihr Mund drohte ihn zu verschlingen, das Blut raste in seinen Adern und ihm wurde heiß, sehr heiß. Ein Entkommen aus dem Klammergriff der Nachbarin schien nicht möglich und er hätte nicht sagen können, ob er es gewollt hätte. Krampfartig zog sich alles in ihm zusammen, Adrenalin schoss in seine Adern. Er spürte den Biss der Schwarzen Witwe in seinem Nacken und die Hitze in seinem Körper schien ihn zu verbrennen.

DAS AQUARIUMHAUS

Die Geschichte, die ich Ihnen jetzt erzählen werde, ist so unwahrscheinlich, dass Sie mir nicht glauben werden.

In den letzten Jahrzehnten habe ich mir oft darüber Gedanken gemacht, ob ich das Erinnerte nur gelesen habe, ob es möglicherweise ein Film war, der sich, teils entfallen, teils erinnert, mit einem Wunschdenken vermischte und auf diese Weise für mich eine realitätsnahe Form angenommen hat.

Dass ich mich seit jener Zeit dem Wasser näher fühle als der Luft, die ich atme, und dass ich die Fähigkeiten, die ich im Wasser entwickelt habe, in den vergangenen Jahren nicht verloren habe, ist eine Tatsache. Ist sie jedoch Beweis dafür, dass sich alles so abgespielt hat?

An manchen Abenden, wenn ich allein in meinem einsamen Haus in Melancholie zu versinken drohe, nehme ich etwas von dem Zeug, das mir ein junger Fischer vorbeibringt. Dann gehe ich zu der Vitrine dort drüben und betrachte die drei silbrigen ovalen Plättchen in der Schale einer Großen Pilgermuschel. Das ist Materie und die ist Wirklichkeit. Wenn ich sie betrachte, entsteht – wie ein Hologramm – um mich herum diese eigentümliche Welt, der ich seinerzeit restlos erlegen war und alles, jedes Detail, ist präsent und geschieht so, wie es damals geschehen war.

Dann weiß ich, alles war genauso, wie ich es in meiner Erinnerung gespeichert habe. Und ich muss es erzählen.

***

Es war Anfang der Achtzigerjahre, als ich eine Stelle als Meeresbiologe am New York Ocean Center in Brooklyn erhielt.

Ich kannte in New York niemanden, außer einer ehemaligen Kommilitonin, die sich inzwischen der Kunst verschrieben hatte. An den Wochenenden nahm sie mich mit zu ausschweifenden Partys im Künstlermilieu. Ich konnte mit Kunst nicht viel anfangen. Ich war Wissenschaftler, ich erforschte Tatsachen. Bilder, Skulpturen, Musik fand ich schön oder nicht, das war eine Geschmackssache. Mehr nicht.

Ich pflegte den Standpunkt, Kunst ließe sich nicht wissenschaftlich belegen.

Dennoch übten diese Gesellschaften und ihre Partys eine Anziehung auf mich aus. Die skurrilen Typen, die verrückten Gespräche, die interessanten Frauen. Unter dem Einfluss von Alkohol und der stimulierenden Wirkung eines Joints erhielt ich den Eindruck, die Kunst erfassen zu können.

Jedenfalls machte mir das Spiel Spaß. Die Nächte in den alten Fabrikhallen, die dahinplappernden Gespräche, die vermeintlich klugen Köpfe. Mir gefiel das Flanieren durch die hohen Räume, das Gehen wie auf Watte, die außerirdisch klingende Musik, und, je nachdem, was ich genommen hatte, die pulsierenden Farben und die Veränderungen der Geometrie, das Entgleiten der Zeit.

Und ich liebte die Frauen.

Es war ein Kontrast zu den teils nüchternen Arbeiten mit Messungen, Testen und Forschen im Institut.

Am Morgen nach einer Party rief mich ein Kollege an, um mir zu berichten, dass eine bisher unbekannte Spezies von Fisch zu uns ins Institut unterwegs war. Fischer hatten das Tier als Beifang im Netz gehabt und fanden es ungewöhnlich, sodass sie mit unserem Institut Kontakt aufnahmen. Als ich dort ankam, wurde es gerade in eines der neu angelegen Becken gesetzt.

Mit einer gewissen Neugier erkundete der Fisch seine Umgebung. Er war geschätzte 160 Zentimeter lang und schmal. Seine Außenhaut war vollständig beschuppt. Wie ich die Farbe beschreiben soll, weiß ich nicht. Sie veränderte sich, je nachdem, wo er sich gerade befand. Mal war er sandfarben, wenn er am Boden lag, er wechselte zu Grau, kam er in die Nähe der Felsen und die leuchtend roten Korallen spiegelten sich in seinen Schuppen, wenn er an ihnen vorbeischwamm. Befand er sich unmittelbar unterhalb der Wasseroberfläche, glitzerten die Schuppen wie tausend kleine Spiegel und er schien mit dem Wasser eins zu werden, als würde er unsichtbar. Ein Chamäleon des Meeres!

Nachdem ich ihn eine Weile studiert hatte, kam es mir vor, als hätte er entdeckt, dass er beobachtet wurde und begann seinerseits, mich zu belauern. Je länger dies dauerte, umso seltsamer fühlte ich mich. Besonders seine Augen irritierten mich. Sie versprühten blitzgrüne Spitzen, als sei er wütend.

Tage und Wochen verbrachte ich damit, sein Verhalten zu erforschen, während der Fisch Gleiches mit mir zu tun schien. Einer Charakterisierung entzog sich der Neuzugang in unserem Institut übrigens dadurch, dass es unmöglich war, ihn zu fotografieren. Auf keinem der Fotos, die ich machte, war er zu sehen.

Manchmal verweilte ich dicht an der trennenden Scheibe, hinter der der Fisch unbeweglich stand. Dabei hatte ich das Gefühl, dass er mir etwas mitteilen wollte. Dann legte ich sachte meine Hand auf die Scheibe – wie eine zarte Berührung.

Das ging einige Wochen lang, bis seine Gedanken in mein Gehirn gedrungen waren und ich in der Lage war, mit ihm zu kommunizieren. Egal, was ich sagte oder dachte, er verstand mich. Der Fisch konnte natürlich nicht sprechen, und doch, was er mir mitteilte, aktivierte Zentren in meinem Gehirn, die seine Gedanken in einer Art Bildsprache an mich übermittelten.

Ich begann Aufzeichnungen zu machen, wann und unter welchen Umständen wir miteinander kommunizierten. Ich stellte fest, dass es auf meine Aufmerksamkeit ankam. Da mir meine Konzentration auf den Fisch von Tag zu Tag leichter fiel, gelangen unsere Gespräche stetig besser und unsere Fisch-Mensch-Verbindung wurde so eng, dass ich seine Bedrängnis und Einsamkeit wie meine eigene spürte.

Ich war wie berauscht von dieser Erfahrung mit einem Fisch „reden" zu können. Und die Erkenntnisse, die ich während dieser Zeit gewann, schienen mir immens wichtig. Ich wollte sie in die Welt hinaustragen, wollte sie teilen mit meinen Kollegen und allen Menschen.

Akribisch schrieb ich alles auf, machte mir unablässig Notizen, arbeitete an Fachaufsätzen für ein Forschungsmagazin und schrieb ausführliche wissenschaftliche Abhandlungen. Ich nannte ihn Essentia Aquam Theodoris. Er war ein Wesen des Wassers und mehr als ein Fisch. Ich fand, ich hatte ein Recht darauf, ihn nach mir zu benennen.

Mein größtes Problem bei der Arbeit mit dem Fisch war: Niemand im ganzen Institut nahm das Geringste wahr. Keiner der Kollegen, keiner der Wärter, nicht die Delfintrainer, die gewöhnlich über großes Einfühlungsvermögen verfügten. Sie alle fanden, dass der Fisch eine seltene Art aus der Familie der Thunfische war, aber nicht außergewöhnlich. Inzwischen wurden andere Fische in dieses Aquarium gesetzt. Aufgrund seiner Fähigkeit, sich farblich anzupassen, konnte man ihn nicht von den anderen unterscheiden. Ich war es, der ihn an seinen Augen erkannte.

Anfangs merkte ich nicht, dass die Kollegen und das gesamte Personal hinter meinem Rücken zu tuscheln begannen. Die Wärter, die Putzfrauen, die Arbeiter, die Sekretärin des Institutsleiters, alle schauten mich merkwürdig an. Ihre Blicke verfolgten mich; ich spürte es.

Der Fisch erzählte mir, wie sie vor der großen Glaswand des Beckens standen und über mich sprachen. Sie nannten mich egozentrisch und besessen.

Von meinen Kollegen überall auf der Welt bekam ich keine Antworten. Die wissenschaftlichen Magazine schickten meine Abhandlungen zurück, weil ich keine Fotos beilegen konnte.

Am Ende hieß es, alles, was ich über den Fisch sagte, ja, der Fisch selbst, sei eine Einbildung von mir.

Da traf ich eine Entscheidung.

Es gab damals eine zwanzig Kilometer lange Pipeline vom Atlantischen Ozean bis zu unserem Institut, über die wir laufend Meerwasser für unsere Becken bezogen. Die gesamte Technik dazu befand sich in einer riesigen unterirdischen Halle. Das Becken von Essentia Aquam Theodoris wurde über diese Leitung regelmäßig mit frischem Meerwasser versorgt.

Die Technik war ein Gebiet, welches mich nicht sonderlich interessierte. Gleichwohl kannte ich mich in der Filtertechnikhalle aus. Hier entnahm ich regelmäßig die Wasserproben für meine Analysen. Mit den Technikern, die dort arbeiteten, verstand ich mich gut. Ich begann, sie zu einigen Details der Filteranlage, der Wasserleitungen und Absperrschiebern zu befragen. Meine Absicht war, Wasser aus dem Becken über die Pipeline zurück ins Meer zu pumpen.

Eines Nachts war es so weit. Ich legte die Hebel um und das Wasser strömte aus dem Becken in Richtung Meer. Der Fisch schwamm mit.

Wie erwartet nahm am nächsten Tag niemand davon Notiz. Bis auf ein paar Seesterne, Krebse, Schnecken und kleine Schwarmfische befanden sich in diesem Becken nur ein paar Prachtexemplare von Bonitos. Der Fisch, mein Fisch, existierte für die Kollegen am Institut lediglich als Fabelwesen, ein Gespinst meines Gehirns. Ich war froh, dass es keinen Wärter oder Kollegen gab, der ihn vermisste.

Nach dieser Aktion fühlte ich mich, als hätte ich mich selbst in die Freiheit entlassen. Doch das stimmte nicht.

Ich ging meiner üblichen Arbeit nach und war froh, dass ich mich in meiner Freizeit ablenken konnte, indem ich wieder in das New Yorker Nachtleben eintauchte.

An einem Freitagabend, nach einer ereignislosen Woche, als ich allmählich begann, mir weniger Gedanken über Essentia Aquam Theodoris, den seltsamsten Fisch der Welt, zu machen, entschied ich mich spät in der Nacht, auszugehen, um das Wochenende nicht allein zu verbringen.

Die Party fand in einem Loft im sechsten Stock eines Altbaus in Manhattan statt, in dem ich seit meinem Umzug nach New York zahlreiche Partys erlebt hatte. Am Eingang stand Audrey, eine reizende Schauspielerin. Sie hielt mir ein Tablett mit mehreren gedrehten Rollen mit Gras hin. Ich nahm eine und entzündete sie. Über das brennende Streichholz hinweg sah ich sie an und überlegte, auf welche Art sie am besten zu erobern sei. Doch bevor ich etwas sagen konnte, steuerte Truman auf uns zu.

Truman war Autor und erzählte gerne, um was es in dem Buch ging, an dem er gerade arbeitete.

Ich kannte seine Erzählungen und wollte schnell entkommen, obwohl ich dafür Audrey zurücklassen musste. Das war nicht schlimm. Wenn nicht Audrey, dann eine andere. Ich ging nie ohne eine weibliche Begleitung von einer Party nach Hause.

Ich verzog mich mit meiner Tüte vor die riesigen Gemälde, die nahezu sämtliche Wände einnahmen. Als ich mir alle Bilder eingehend angeschaut hatte und die Wirkung meines Joints mir neue ungeahnte Sichtweisen des Gesehenen vorgaukelte, ließ ich mich auf einem Sofa nieder.

Mir war schummerig und ich lehnte meinen Kopf an die Schulter eines Models mit langen blonden Haaren. Ihr Freund Mickey sah es und rief sie mit einem Fingerschnippen zu sich.

Ich wollte ihm keine Konkurrenz machen. Überhaupt hatte ich seit einiger Zeit ein dumpfes und leeres Gefühl in Bezug auf Frauen. Es wurde zunehmend sinnlos, wenn ich mit einer Frau die Feier verließ. Denn nach einer zusammen verbrachten Nacht tauschten wir keine Telefonnummern. Meist verdrückte ich mich oder sie, bevor der andere erwachte. Traf man sich nach Wochen bei einer anderen Gelegenheit, winkte man sich kurz zu und tat, als sei nichts geschehen.

Letzten Endes war nichts gewesen, was von Bedeutung war.

Ich gebe zu, es begann mich zu langweilen. Die Partys, die Frauen, die Künstler, die sich wie Genies fühlten, die Agenten, Galeristen und Journalisten, die den Stars huldigten, als handelte es sich um römische Kaiser.

Ich schnappte mir eine ganze Flasche Whiskey. Ich wusste nicht, was ich damit ertränken wollte, welchen Dämon in mir ich mit Alkohol bezwingen wollte.

Als Audrey vorbeikam und mir das Tablett mit Joints hinhielt, legte ich nach. Sie schaute mir zu, wie ich den Rauch einsog. Lächelnd setzte sie sich neben mich und flüsterte mir zu: Ich habe noch etwas Besseres.

Sie zeigte mir ein Stück buntes Löschpapier von der Größe einer Briefmarke. Sie forderte mich auf, die Zunge herauszustrecken und sie legte es andächtig darauf, wie eine Hostie.

Ich sank tief in das Sofa hinein. Bald stellte sich das Gefühl ein, wie in Watte gebettet zu sein. Ich bemerkte, wie Audrey, die neben mir saß, mit mir sprach. Ich verstand nicht, was sie sagte. Ihre Stimme war mal leise, dann unvermittelt schrill, um als Nächstes auf eine seltsame Weise verzerrt zu klingen.

Mein Blick schweifte durch den Raum, der gekippt aussah wie ein Schiff mit Schlagseite. Die Wände bogen sich mal nach außen, dann nach innen, die großen Gemälde wirkten wie verzogene, an der Wand hängende Tücher.

Alles war ein Meer aus Farben. Es glitzerte, waberte, schwankte unter einer Musik, die wie eine Schallplatte klang, derer Umdrehungen mit dem Finger verzögert wurden. Auf eine angenehme Art fühlte ich mich willenlos und losgelöst von der Wirklichkeit.

Ich ließ mich schaukeln von Wellen, die mich ergriffen, hörte der merkwürdigen Musik zu, die mehr und mehr einen sphärischen Klang bekam, und glitt in eine zeitlose, allumfassende Dimension.

Ich schwamm in einem anderen Universum, bis ich merkte, dass Audreys Kopf auf meiner Schulter lag. Vorsichtig schob ich sie von mir weg. Dann blieb mein Blick an einer Frau hängen, die ein paar Meter weiter an einer Art Theke stand und mir den Rücken zuwandte.

Plötzlich war ich hellwach und nüchtern. Hat schon einmal jemand das Phänomen untersucht, wenn man von einer Sekunde auf die andere bei klarem Verstand ist, jede Benommenheit, jedes Gefühl der Trunkenheit und sonstige Rauschzustände schlagartig verschwinden? Von null auf hundert: So fühlte ich mich. Und gleichzeitig war ich in höchstem Maße erregt.

Die Frau trug ein enges Kleid aus silbern glänzenden Pailletten, das eine fantastische Figur betonte. Ihre langen weißblonden Haare fielen in leichten Wellen ihren Rücken hinunter. In diesem Augenblick war ich bereit, allen Frauen aller Partys der Welt abzuschwören.

Ich sah die halbvollen Sektgläser auf dem Tisch vor mir, die irgendwelche Leute stehen gelassen hatten. Ich nahm das vollste Glas, wischte mit einem Taschentuch, das ich in der Innentasche meines Cordsakkos bei mir führte, den Lippenstift ab und stand auf.

Die wenigen Meter bis zu ihr kamen mir vor wie ein Spießrutenlaufen. Andere Partygäste kreuzten meinen Weg. Sie waren alle nicht mehr nüchtern. Sie schwankten oder schauten mit aufgerissenen Augen umher, als sei alles, was sie sahen, neu.

Als ich neben dieser Frau stand, versuchte ich erst mal meinen Atem zu beruhigen und lehnte mich lässig an die Theke. Sie war hübsch, doch anders als von mir erwartet. Es waren ihre Augen: tief und smaragdgrün wie die Costa Smeralda. Ihr Körper schien fest und kraftvoll wie der einer Sportlerin und strahlte eine starke Erotik aus. Sie blieb ebenfalls stumm, nahm das Glas aus meiner Hand und nippte daran.

In diesem Moment fühlte ich mich wie ein Ertrinkender, nach Luft ringend, von Krämpfen geschüttelt, panisch: Das war mein innerer Zustand. Äußerlich versuche ich ruhig zu sein und mein Zittern zu unterdrücken. Ich konnte mich nicht erinnern, wann ich das letzte Mal bei einer Frau derart aufgeregt und unsicher war. Es musste in meinen Teenagertagen gewesen sein. Meine Begegnungen mit Frauen waren zur Routine geworden. Meine Kenntnisse darüber, was bei welcher Frau am besten ankam, hatte ich nahezu perfektioniert. Diese Situation kam mir vor wie ein Rückfall ins pubertäre Zeitalter.

Hätte man mich gefragt, was mich dermaßen aus der Fassung brachte, ich hätte es nicht benennen können. Ich spürte jedoch, dass an dieser Frau alles anders war als an all den anderen. Schon ihr Name war für mich wie eine Verheißung: Aquina.

Ich weiß nicht mehr, wer von uns das Gespräch begonnen hatte. Es war, als gäbe es außer uns niemanden im Raum, als wären wir allein auf einer einsamen Insel mitten im Ozean. Obwohl ich ungewöhnlich zurückhaltend war, verließen wir bald gemeinsam die Party.

Sie wohnte auf Long Island, am äußersten Zipfel der Halbinsel. Wir fuhren auf einer schmalen Straße entlang der Küste. Die letzten Häuser hatten wir lange hinter

uns gelassen. Die aufgehende Sonne warf einen orange-
roten Schein über den Horizont.

Das Grundstück, welches wir erreichten, war weit-
räumig von einer hohen Mauer umgeben. Das Taxi hielt
vor einem schmiedeeisernen Tor, durch das der Blick
über eine Kieseinfahrt bis hin zu einem zweigeschossi-
gen Haus führte. Der parkähnliche Garten war mit Was-
serläufen, Springbrunnen, kleinen Wasserfällen und
kunstvollen Fontänen gestaltet. Das Haus schien zweck-
mäßig gebaut zu sein. Ein schlichtes graues Betonge-
bäude.

Beim Näherkommen fiel mir die große gläserne Eingangstür auf, hinter der es grün und blau schimmerte.
Als ich Aquina in das Haus folgte, begriff ich. Wir befanden uns in einem Aquarium … die Tür, die Wände,
alles war aus Glas und dahinter wiegten sich Seegras,
neonfarbige Grünalgen und Stielrundes Pfeilkraut.
Leuchtend rote Feuerkorallen streckten ihre polypenar-
tigen Zweigenden empor und in Bodennähe entdeckte
ich braune Steinkorallen. Dazwischen unter einem Vorsprung lag im Sand halb eingegraben ein Marmor-Zit-
terrochen mit einer schönen Musterung. Ein Schwarm
streifenförmiger Barrakudas schoss aus einem Seetang-
wald hervor und stürzte sich auf die kleinen Ährenfi-
sche.

Sofort dachte ich an die Aquarien im Ocean Center.
Hier jedoch kam mir alles viel perfekter und natürlicher
vor. Es war, als stünde ich inmitten dieser Wasserwelt.

Ich folgte Aquina und tauchte weiter ein in dieses
Meer von Fischen, Formen und Farben. Sie zeigte mir
das ganze Haus und alles, wirklich alles rundum, war
ein Aquarium. Ich ging im Trockenen über einen Boden

aus Sand, durchsetzt mit Muscheln und Perlmuttstücken, und war umgeben von Glaswänden, -decken und -böden, hinter denen sich Fische, Muscheln, Schnecken, Seesterne und Wasserpflanzen tummelten.

Ich hatte in dieser Zeit in New York, in der sich die verrückte Kunstwelt der Reichen und Berühmten gegenseitig mit Extravaganzen jeder Art zu übertrumpfen pflegte, viele außergewöhnliche Orte gesehen. Aber ein Haus, das ein Aquarium war – wie hätte ich das erwarten können?

Als ich hinter ihr durch die Räume ging, fühlte ich mich Aquina tief verbunden, wie ich es nie zuvor bei einer Frau gespürt hatte. Sie, die Herrin des Aquariumhauses, und ich, der Meeresbiologe, was hätte besser zueinander passen können?

Als ich glaubte, alles gesehen zu haben, verkündete sie, dass sie mir den Pool zeigen wolle. Ein Pool in einem Aquariumhaus, fragte ich mich und konnte mir nicht vorstellen, was mich erwarten würde.

Wir kamen in eine riesige Halle, durch deren gewölbte Decke aus Glas ich einen ultramarinblauen Himmel sah. Vor mir lag ein blendend heller Sandstrand, der sich bogenförmig um eine Bucht erstreckte und von Palmen gesäumt war. Links von mir lag eine Felsformation und Hunderte Meter weiter hinten war die Bucht durch ein Korallenriff begrenzt. Dahinter konnte ich durch die Glasscheibe das offene Meer sehen. Es schien, als sei die Glaskuppel über einer natürlichen Lagune errichtet worden.

Ich roch das salzige Wasser. Das gleichmäßige Wellengeräusch versetzte mich in eine Art Hypnose und ich stand wie in Trance versunken.

Ob ich schwimmen wolle, fragte Aquina und ich hatte den Eindruck, als wären ihre Augen noch eine Spur größer und grüner geworden.

Unter dem Felsen, erklärte sie, öffne sich ein Torbogen zu einem Tunnel. Dort hindurch könne man ins offene Meer hinaustauchen. Sie forderte mich auf, mich auszuziehen. Ich tat es. Als ich mich umdrehte, ohne einen Fetzen am Leibe, war ich irritiert.

Ich hatte erwartet, dass sie ebenfalls nackt sei. Teilweise war sie es, ich meine, ihre obere Hälfte war es und ich starrte lange auf ihre kleinen Brüste, ihre weiß glänzende Haut. Ich begann zu zittern, als wenn eine frische Meeresbrise in die Halle geweht wäre.

Mein Blick haftete wie festgesaugt an ihrer Gestalt, stahl sich vom Gesicht über die Brüste weiter hinab. Da war der schönste Bauchnabel, den ich jemals gesehen habe. Ich hoffe, das klingt nicht albern, doch so empfand ich es.

Und weiter? … ich weiß nicht, wie ich es sagen soll … das Kleid, die Pailletten ihres Kleides … klebten … wie Schuppen … an ihrer Haut.

Komm!, rief sie mir zu und riss mich mit ihrem Ausruf aus meiner Betrachtung. Ihre Stimme hatte eine eigentümliche Färbung. Es kann sein, dass ich keine Worte hörte, sondern eine Art Gesang, der dem Tonspektrum ähnelte, welches Wale von sich geben. Hochfrequente Klick- und Pfeiftöne, die mein Gehirn auf eine andere Frequenz schalteten.

Ich sah sie kraftvoll ins Wasser springen und kopfüber eintauchen. Was hätte ich anderes tun können, als ihr nachzueilen? Sie tauchte hinunter in den Tunnel und durch das Riff. Ihre langen Haare schwebten wie ein

Brautschleier hinter ihr her. Ein Bild, das ich bis heute vor mir sehe. Ich musste alle Kräfte zusammen nehmen, um ihren schnellen Bewegungen und ihrer Geschwindigkeit zu folgen.

Die rauen Wände des Riffs spürte ich auf meiner Haut, sah den kräftigen Schwung ihres Hinterteils und statt ihrer Beine die silbrig glitzernden Schuppen ... und die Schwanzflosse, die sich bewegte, als wolle sie das Wasser aufpeitschen.

Wir drangen tiefer in diesen Tunnel ein und es wurde dunkler. Nur ein geheimnisvolles Licht wurde von ihrer hellen Haut reflektiert, wie ein Licht, das auf Spiegelscherben fällt.

Mir schien, als nähme der Tunnel kein Ende. Ich geriet in Panik, bald würde mir die Luft ausgehen.

Als ich glaubte, ohnmächtig zu werden, wurde es heller, die Strömung kräftiger und ihre Hand packte mich am Handgelenk und zog mich hinauf. Ich durchstieß die Wasseroberfläche, kurz bevor meine Lungen zu zerplatzen drohten. Endlos lange sog ich den Sauerstoff ein, pumpte mich voll mit der würzigen Luft des Meeres.

Ich schaute sie an und wunderte mich, wie gelassen und entspannt sie war, während mein Atem hastig raste.

Das sei nur am Anfang schwer, sagte Aquina lachend und versicherte mir, dass es mit der Zeit leichter würde. Ich verstand nicht, was sie meinte. Wie konnte ich ahnen, welche unglaublichen Fähigkeiten ich entwickeln würde?

Von diesem Tag an unternahmen wir täglich Ausflüge ins offene Meer. Delfine und andere Tiere gesellten sich zu uns. Kleine bunte Schwarmfische umschwebten uns wie Konfetti. Aquina führte mich weit hinaus aufs Meer und hinab in die Tiefen des Ozeans. Dabei musste ich regelmäßig zur Wasseroberfläche, um Luft zu holen und meine Lungen mit Sauerstoff zu füllen. Es war eine immense Herausforderung, ich war nicht gewohnt, solche Entfernungen schwimmend zurückzulegen und ohne Sauerstoffflasche und Tiefenmesser zu tauchen.

Aquina trieb mich an. Sie behauptete, dass ich es erlernen könne und mit ausreichend Ehrgeiz bald genauso geschickt sein würde wie sie.

Geduldig erklärte sie mir, wie ich über das Wasser Sauerstoff aufnehmen könne. Unzählige Male musste ich husten und mit Schmerzen in der Brust auftauchen, um Luft zu schöpfen. Bis es mir gelang, mühelos den Sauerstoff aus dem Wasser zu extrahieren.

Stundenlang trainierten wir, bis mein Körper geschmeidig war wie der eines Fisches, sodass ich mit einem Schwung meiner Hüfte und der Bewegung meiner Beine blitzschnell davonschießen konnte. Bald war es eine Kleinigkeit für mich, die Füße wie eine Schwanzflosse zur Steuerung zu verwenden. Je leichter es mir gelang, mich fortzubewegen wie ein Fisch, umso breiter und flacher wurden meine Hände und Füße, bis sie mir wie paddelartige Flossen vorkamen.

Ich bemerkte die Veränderung meines Körpers, der sich ebenso auf die Unterwasserbedingungen einzustellen schien wie mein Geist. Die Druckverhältnisse und die mangelnde Sicht machten mir nach einiger Zeit nichts mehr aus. Bei der Orientierung unter Wasser kam mir zu Hilfe, dass ich zunehmend in der Lage war, feinste Druckveränderungen wahrzunehmen. Ich spürte jedes Hindernis im Wasser. Wusste, wo ein Unterwasserfels, Korallenbänke, ein gesunkenes Schiff waren, wo sich andere Lebewesen befanden, wie und in welche Richtung sie sich bewegten. Ihre Größe konnte ich unterscheiden, ihre Geschwindigkeit und jede ihrer Bewegungen. Ich bemerkte, dass ich ein Seitenliniensystem entwickelte. Es wurde von Tag zu Tag feiner.

Mein Gehör half mir unter Wasser nicht weiter. Mein Körper schien zu „hören", tausendfach deutlicher.

Aquinas Ruf spürte ich wie eine warme Welle, das Pfeifen und Klicken der Delfine empfand ich wie ein Streichen über meine Haut. Das Dümpeln einer Boje vor einem Jachthafen war eine leichte Berührung, die Segeljachten, wenn sie in See stachen, wie ein Streichen über meinen Rücken. Lagen die Jollen im Hafen, spürte ich ihr Schaukeln. Die Motorschiffe empfand ich wie ein Kratzen. Fuhr weit draußen eines der riesigen Frachtschiffe oder gigantischen Kreuzfahrtschiffe vor der Küste, war es, als würde mich eine Riesenfaust niederzwingen.

Ich war fasziniert und erstaunt, wie schnell ich lernte, mit dem Wasser und im Wasser zu leben. Alles an mir und in mir stimmte mit den neuen Bedingungen überein. Es kann jedoch sein, dass ich die Zeit vergaß. Wochen und Monate vergingen und mir wurde alles außerhalb des Meeres und außerhalb des Aquariumhauses gleichgültig. Mein bisheriges Leben und meine Arbeit wurden unwichtig. Was ich einst über das Meer und seine Bewohner gelernt hatte, kam mir falsch vor.

Ich fühlte mich wie ein Wasserwesen, bewegte mich wie ein Fisch und hatte Fähigkeiten entwickelt, die kein Mensch besaß. Sobald ich mich dem Meer überließ, war ich ein Geschöpf des Wassers. Ging ich an Land, brauchte ich die neuen Fähigkeiten nicht, sie waren wie abgeschaltet, sobald ich das Wasser verließ. An Land war ich der Mensch, der ich zuvor war, mit allen meinen menschlichen Eigenschaften.

Die Erfahrungen hingegen, die ich im Meer gemacht hatte, blieben in meinem Kopf gespeichert. So kam es, dass ich die Fische und die anderen Lebewesen in ihren gläsernen Gefängnissen nicht länger ertragen konnte. Anfangs redete ich mir ein, dass ich bereits Essentia Aquam Theodoris den Weg in die Freiheit ermöglicht hatte. Dem Fisch, der vor Monaten als erstes bereit war, mit mir zu kommunizieren. Wie oft habe ich gehofft, ihm bei unseren Ausflügen in den Atlantischen Ozean zu begegnen. Wie gerne hätte ich erfahren, wie es ihm seither ergangen war. Doch ich sah ihn vorerst nicht wieder.

Meine neuen Erfahrungen brachten mich zu der Erkenntnis: Auch das Meer haben wir Menschen für uns in Beschlag genommen, ohne Rücksicht auf die Lebewesen, denen es seit Anbeginn der Zeiten gehört. Ich steigerte mich mehr und mehr in die Vorstellung hinein, diese Welt, die ich zu lieben gelernt hatte, zu retten.

Endlose Gedanken mäanderten durch mein Gehirn. Ich fand in meiner alten Welt keine Ruhe mehr. Ich fühlte mich schuldig an der Zerstörung einer Welt, in der ich lieber Teilnehmer als Beobachter sein wollte.

Nach unseren Ausflügen lagen wir ermüdet an dem kleinen Sandstrand in der Bucht ihres Hauses. In meinen Armen hielt ich ihren geschmeidigen, muskulösen Körper und spürte ihre kühle, glatte Schuppenhaut. Meine Hände strichen durch ihre nassen Haare, die ich wie eine Decke über uns breitete.

Ich roch an ihrer Haut, die nach Meer duftete und meine Lippen schmeckten Salz.

In solchen Momenten vergaß ich alles, was zuvor von Bedeutung war: Das Ocean Center, die Künstlerpartys und all die Frauen schienen aus einer anderen Welt und einer anderen Zeit zu stammen. Wie eine verschwommene Erinnerung aus einem früheren Leben. Fern und unwirklich war mir das alles geworden.

Oder war es umgekehrt? Schon damals fragte ich mich, ob ich mit Aquina dort in dem Aquariumhaus einen Traum erlebte, abseits jeder Realität.

Im nächsten Moment schien mir dieses Leben das einzig Wahre zu sein: Aquina, das Aquariumhaus, das Meer, der Sand, die Bucht mit dem Korallenriff, der blaue sternenvolle Himmel und die Welt tief unter der Wasseroberfläche.

Wenn wir in diesen Tagen am Strand der Bucht lagen, uns umfangen hielten und träumten, kam es vor, dass bei Aquina eine Sehnsucht, ein Verlangen aufblitzte, das ich wie eine eigene Regung spürte. Dann erzählte sie von ihrer Heimat, von den Kalten Wassern, den tief ins Landesinnere gezogenen Meerarmen, die zwischen steil aufragenden Bergklippen lagen.

Sie liebte die schroffen Felsen ebenso wie die mit üppigem Grün bewachsenen Hänge und die schneebedeckten Grade.

Sie erzählte von den tosenden, weit über hundert Meter hinab ins Meer stürzenden Wasserfällen und den rauen Menschen in ihren Fischerbooten oder auf den großen, träge dahinstampfenden Motorschiffen.

Sie vermisste die Robben und die Adler, deren Nistplätze an den Felsen sie vom Wasser aus beobachten konnte. Ihr fehlte die Nähe der Wale, die in den tiefen Fjorden lebten.

Das Wasser sei klar, kühl und frisch, sagte sie.

Wenn sie davon sprach, leuchteten ihre Augen, um sich alsbald zu verdunkeln, und ich spürte ihre Trauer und ihre Sehnsucht.

Bei solchen Gelegenheiten überkam mich der brennende Wunsch, diese ferne Landschaft mit ihren Augen zu sehen und mit ihr zu erleben.

Die ersten Wochen fuhr ich noch ins Institut und versuchte meiner Arbeit nachzugehen. Ich schrieb weiter Abhandlungen über Essentia Aquam Theodoris, die keiner beachtete. Im Institut galt ich als exzentrischer Spinner. Selbst das Reinigungspersonal sah mich schief an. Der Institutsleiter wies mich mehrfach zurecht und behauptete, ich sei nicht professionell genug.

Die Faszination, die Aquina und das Aquariumhaus auf mich ausübten, war so stark, dass ich von Woche zu Woche seltener ins Ocean Center fuhr. Schließlich blieb ich auf Long Island in dem Haus des Meeres, wie ich es nannte, weil mir die Welt und mein Leben nur dort sinnvoll erschienen.

Rückblickend kann ich sagen, dass diese Monate die glücklichste Zeit meines Lebens waren. Bis zu dem Tag, als das Unglück geschah, glaubte ich in einem wassergefüllten Raum-Zeit-Kontinuum zu leben. Ich war vollkommen eingetaucht in mein neues Leben, sodass ich die Zeit vergaß. Wobei die Zeit für mich eine andere Rolle spielte als früher. Lichteinfluss und Meeresströmungen, die Gezeiten und der Mond, das waren meine Zeiten.

Stundenlang schwammen wir ins Meer hinaus. An keinem anderen Tag waren wir derart weit geschwommen und so tief getaucht wie an diesem Tag.

Ein Containerschiff zog an uns vorüber in Richtung Upper New York Bay. Ich schmeckte den abgelassenen Diesel, spürte das Dröhnen der Motoren wie Boxhiebe. Das kreischende Reiben der metallenen Container verursachte mir Kopfschmerzen.

Starke, unangenehme Druckwellen erreichten mich. Ein Kreuzfahrtschiff pulsierte außerhalb der Küstengewässer vorbei. Dröhnend dumpf stampften die Motoren und der Druck, den die schiere Masse dieses Kolosses erzeugte, verursachte mir Übelkeit.

War es die Qual, welche die großen Schiffe uns bereiteten, dass wir nicht merkten, wie wir in noch größere Unannehmlichkeiten gerieten?

Das Wasser wurde unruhig. Es waren nicht die Wellen oder ein Sturm oder ein Raubfisch, dem alle zu entfliehen versuchten. Es war eine Unruhe, die von zu viel Fremdem und Gefahrvollem verursacht wurde. Es kam aus allen Richtungen. Fische versuchten zu fliehen, sie stoben in alle Richtungen davon. Es mussten ein Dutzend Schiffe sein, die diese Irritationen verursachten.

Dicht beieinander. Sie hatten uns umzingelt und verwirrten uns mit ihrem Drücken, Dümpeln und Dröhnen verschiedener Motoren. Ein paar Meilen entfernt nahm ich Geräusche wahr, die sich grausig anfühlten. Ein Stampfen, Mahlen, Rattern, Klappern, Klatschen. Ich wusste nicht, was es war und was es zu bedeuten hatte.

Aquina gab mir zu verstehen, dass wir umkehren sollten, weg von diesem Ort, an den wir unvermittelt gelangt waren. Im nächsten Augenblick erreichte mich ihr stummer Schrei, der mein Herz wie mit einer Harpune zu durchstoßen schien, und sie wurde von mir weggezogen.

Irritiert von den unbekannten Eindrücken und überrascht von der Gefahr, erkannte ich zu spät, dass sich ein Netz über sie gelegt hatte und sie darin gefangen zur Oberfläche gezogen wurde. Ich wollte ihr nach, um sie zu befreien. Da startete der Motor des Schiffes und zog sie mitsamt dem Fangnetz davon. Ich hätte es leicht einholen können, wäre nicht das Wasser rings um mich herum ein Geflecht von Fischergarn gewesen, das mich wie ein Spinnennetz festhielt. Unzählige Tiere kämpften darin um ihr Überleben. Silberbarsche, Quacksalber, Heringe zappelten darin und viele Tiere, welche die Fischer nicht haben wollten, sogenannter Beifang, die dennoch ihr Leben lassen mussten. Die Effektivität solcher Fangmethoden nimmt keine Rücksicht.

Ich hing mit den Füssen in einem der Netze fest und ich brauchte zu lange, um mich zu befreien. Dann wurden weitere Schleppnetze durch das Wasser gezogen und ich konnte mich entziehen, indem ich tief hinab tauchte, bis ich auf den Meeresgrund stieß.

Der Meeresboden ist keine glatte, sandige Fläche, wie die Menschen sich das gemeinhin vorstellen, wenn sie am Strand liegen. Am Meeresgrund befinden sich Berge und Gräben, in der Hochsee gibt es Vulkane und ausgedehnte Ebenen. Dort, wo ich mich befand, war ein unebener, von Fels durchzogener Berghang mit Felsspalten und Vorsprüngen und Höhlen, teilweise bedeckt mit vielfarbigen Korallen. Verschiedenste Grünalgen hatten hier Algenriffe gebildet. Korallenpolypen, Schwämme und Meergras wuchsen zwischen felsigem Gestein.

Dazu kamen die vielen Lebewesen am Grund, die Krebse, Seesterne, Muscheln, verschiedene Plattfische und eine Vielzahl bunter Fischschwärme. Über all das zog das Fischernetz hinweg und zerstörte, was sich darin verfing. Ich konnte mich in eine Felsspalte retten.

Es kam einem Wunder gleich, dass ich in der Tiefe der Spalte, die von der Zerstörung verschont blieb, zwischen der bunten Flora und Fauna ein Leuchten und Glitzern wahrnahm.

Obwohl ich auf der Flucht war, zog mich der Lichtreflex an wie ein Magnet und ich fand auf einem Teppich aus Kieselalgen drei Plättchen von Aquinas Schuppenkleid. Ich hob sie auf und barg sie in meiner Hand, bevor sie unauffindbar würden.

Als die Gefahr vorüber war, tauchte ich aus der Felsspalte auf und schwamm, bis ich weit genug entfernt war, um ohne Gefahr aufzutauchen.

In der Ferne konnte ich das Fabrikschiff erkennen, auf das die Fangflotte zusteuerte. Ich wäre den Fischerbooten gefolgt, ich hätte mich freiwillig auf das Fabrikschiff begeben, von dem die schrecklichsten aller Geräusche kamen, wenn ich hätte ausmachen können, auf welchem der vielen Schiffe sie sich befand.

Erneut kamen Trawler mit Schleppnetzen auf mich zu. Da brachte ich mich in Sicherheit.

Stunden später lag ich in der Bucht ihres Hauses. Ich fühlte mich wie benommen, unfähig, mich zu bewegen oder zu denken. Dann war es, als würde ich aus mir heraustreten und sähe mich dort im Sand liegen, wie ein Fisch, den es an Land gespült und aus seinem Element herausgerissen hat.

Ich wirkte fremd in den Augen meines anderen Ichs, das neben mir stand und mich beobachtete. Es kam mir vor, als wenn dieses andere Ich immer weiter entrückte und mein Körper im Sand schrumpfte und kleiner wurde, bis er nur ein winziges Wesen war, nicht mehr als ein Sandkorn oder ein Krill in der Weite des Meeres. Ein Nichts.

Ich war ein Nichts.

Als ich zu mir kam, waren Tage vergangen oder Wochen. Ich wusste es nicht.

Dass sie nicht da war, sah ich, dass sie mir fehlte, fühlte ich, was passiert war, wusste ich.

Ich war allein.

Es folgten Tage der Trauer und der Verzweiflung. Noch hoffte ich, dass sie den Weg zurückfinden könnte, an diesen Ort, an dem wir beide glücklich waren.

Sie kam nicht.

Schließlich entschloss ich mich, nach New York zurückzukehren. In grenzenloser Verzweiflung lief ich durch die Straßen, fürchterliche Gedanken im Kopf, wenn ich mir ausmalte, was ihr geschehen sein könnte, leise Hoffnung, wenn ich mir vorstellte, dass sich die Fischer, die sie gefangen hatten, melden. Oder sie riefen

Journalisten und Fotografen, um mit ihrem Fang auf die Titelseite irgendeiner Zeitschrift zu gelangen.

Jeden Tag ging ich in den Zeitungsladen an der Ecke meiner Straße und durchsuchte die Tageszeitungen nach einem Bericht oder einer Notiz. Ich bestellte sämtliche Angler- und Fischerei-Magazine und wartete ungeduldig auf die jeweils neueste Ausgabe der Fachzeitschriften für Meeresbiologen. Die Hoffnung, einen Hinweis zu finden, konnte ich nicht aufgeben.

Jeden zweiten Tag fuhr ich zu ihrem Haus. Auf der langen Fahrt dorthin war ich voller banger Erwartung. Würde sie hierher zurückkehren? Das Tor war verschlossen und ich konnte das Haus nicht mehr betreten. Jedes Mal, wenn ich dort hinkam, stellte ich Veränderungen fest. Von der Straße aus sah ich, dass es hinter der gläsernen Eingangstür nicht wie früher grün und blau schimmerte. Nach einer Weile wurde sie gegen eine Metalltür ausgetauscht. Die vielen Seen, Springbrunnen und Wasserspiele auf dem Grundstück verschwanden. Von einem Tag auf den anderen befand sich dort ein Englischer Rasen.

Bei einem späteren Besuch fand ich das Gittertor durch ein undurchsichtiges Rolltor ersetzt, das den Blick auf das Haus verwehrte.

Hätte es ein Klingelschild gegeben, ich hätte versucht, mit den neuen Bewohnern Kontakt aufzunehmen. Doch es gab keinen Namen und keinen Briefkasten. Nie habe ich bei meinen Besuchen jemanden in der Nähe des Hauses gesehen, weder auf dem Grundstück noch auf der schmalen Straße. Und das nächste Anwesen lag weit entfernt.

Keine Behörde, keine Telefongesellschaft, kein Elektrizitätswerk konnte Auskunft über ehemalige oder neue Besitzer geben. Das Grundbuchamt wies kein bebautes Grundstück an dieser Stelle aus. Es war, als hätte das Haus niemals existiert.

Nachts begab ich mich in New York auf die Suche an allen Orten, an denen Künstlerpartys stattfanden. Ich verzichtete auf Alkohol, Gras, Kokain und Frauen. Ich wollte sie finden.

In manchen Nächten fuhr ich von einer Party zur nächsten, blieb, bis ich alle Gäste gesehen, jede Frau betrachtet und jeden Mann nach ihr befragt hatte.

Niemand erinnerte sich an sie. Eine schöne Frau in einem hautengen Paillettenkleid mit platinblonden Haaren bis zu den Oberschenkeln – das hätte jedem Mann aufgefallen sein müssen. Wenn ich ihren Namen nannte, zuckten alle mit den Schultern oder schüttelten den Kopf. Nein, eine solche Frau mit diesem Namen wollte niemand kennen oder gesehen haben. Ich begann mich zu fragen, was ich erwarten konnte von einer Gesellschaft, die nichts anderes als Feiern und Sex in ihren von Musik, Alkohol und Drogen vollgedröhnten Köpfen hatte. Ich hörte, wie sie lallten, sah ihre unkonzentrierten Blicke, spürte die Interesselosigkeit. Ihre Erinnerungslücken hingen wie Gasblasen in der Luft. Ich konnte nicht begreifen, dass ich früher selbst so oberflächlich gewesen war.

Vielleicht war es notwendig für mich gewesen, durch diesen Sumpf zu gehen, um meine wahre Bestimmung zu finden, dachte ich. Und ich haderte mit meinem Schicksal, weil mir das Glück für eine viel zu kurze Zeit sein freundliches Gesicht zuwandte, um mich dann abrupt in die Leere zurückzuwerfen.

Wochenlang war ich auf der Suche. Über mich legte sich eine schwer zu ertragende Traurigkeit. In meiner New Yorker Wohnung lag die Kündigung meines Arbeitgebers, des meeresbiologischen Instituts am New York Ocean Center. Ich hatte den Brief nicht geöffnet. Der Institutsleiter hatte ihn mir von einem Boten bringen lassen, der gleich meine Schlüssel mitnahm. Was sollte ich da noch tun? Ich wäre in dieser Verfassung nicht in der Lage gewesen zu arbeiten. Außerdem nahmen meine Nachforschungen meine gesamte Zeit in Anspruch. Wenn ich nicht in Lethargie versinken wollte, musste ich aktiv bleiben, durfte nicht aufgeben.

Ich machte weiter.

Dann ein erster Anhaltspunkt: Wie über Nacht war die Stadt mit Plakaten des Ocean Centers übersät. Das Interessante war, dass eine große „Sensation" angekündigt wurde. „Vergessene Welten kehren zurück" war einer der Titel. Ein anderer lautete: „Neue im Wasser lebende Art entdeckt". Mit solchen Überschriften wurde um die Neugier des Publikums gebuhlt. Unter dem Text war ein Fisch abgebildet. Es handelte sich nicht um ein Foto, sondern um ein gemaltes Bild, welches den Fisch glitzernd und mit einer Art Aura umgeben abbildete. Aufgeregt stürzte ich in den kleinen Zeitschriftenladen, in der Hoffnung, in einer der Zeitungen mehr erfahren zu können. Ich fand überall Werbeanzeigen gleicher Art wie die Plakate an den Häuserwänden und einen Stapel ähnlich gestalteter Zettel mit der Anschrift und einer Wegbeschreibung zum Ocean Center. War ich in der letzten Zeit niedergeschlagen gewesen, geriet mein Blut beim Anblick dieser Flyer in Wallung. Ich nahm gleich den ganzen Stapel dieser Blätter mit, obwohl ich sie nicht gebraucht hätte. Den Weg zum Ocean Center kannte ich.

Als ich dort ankam, fand ich eine endlos scheinende Schlange von Besuchern vor dem Gebäude. Mir blieb nichts anderes übrig, als mich ans Ende der Besucherreihe zu stellen und in Geduld zu üben, bis ich am Kassenhäuschen angelangt war. Nach zwei Stunden war es so weit. Die ganze Zeit hatte ich Befürchtungen, dass man mich nicht ins Ocean Center ließe, weil es sich herumgesprochen hatte, dass ich rausgeflogen war. Ich hatte Glück. Die Frau an der Kasse war neu, sie kannte mich nicht. Ich zahlte mein Eintrittsgeld, glitt geschickt versteckt in einer kleinen Gruppe am Wachmann vorbei und war drin.

Der Besucherraum, den ich aus Zeiten kannte, an denen das Ocean Center geschlossen war und der mir früher riesig erschien, fühlte sich an diesem Tag beengt und überfüllt an. An dem Becken, auf dessen Scheibe „Sensation des Meeres" in dicken aufgeklebten Lettern stand – wie kitschig, dachte ich, wie plakativ und unbeholfen – drängten sich die Leute, sodass ich lange brauchte, bis ich mich bis an die Trennscheibe vorgekämpft hatte.

Ich hörte die Leute reden. Was für ein Unfug, sagte der Mann, der neben mir stand. Das ist nichts Besonderes, hörte ich hinter mir. Es war offensichtlich, dass sich die Leute betrogen fühlten. Nur ich wusste, dass in diesem Becken ein außergewöhnlicher Fisch schwamm. Es war nicht Aquina, wie ich gehofft hatte. Es war Essentia

Aquam Theodoris, der Fisch, den ich hoffte wiederzusehen, wenn ich mit Aquina im Meer vor Long Island tauchte. Der Fisch, von dem der Institutsleiter behauptete, er existiere nicht oder entstamme meiner kruden Fantasie.

Da war er!

Man hatte ihn eingefangen und er sah keineswegs aus, als sei er eine Sensation. Er wirkte unscheinbar. Ein silberfarbener länglicher Fisch, der angesichts der vielen neugierigen Menschen nicht die Absicht zeigte, die Farbe zu wechseln. Ich legte meine Hand an die Scheibe und hoffte, dass er mich erkannte. Er kam näher. Ich spürte eine tiefe Enttäuschung in seinem Blick. Dann wandte er sich ab, seine Augen leuchteten grün auf, als er durch die Chlorodesmis-Algen schwamm und er verschwand aus dem Blickfeld der Zuschauer.

Um mich herum hörte ich empörte Rufe, jemand grölte Betrug, es entstand ein Tumult und dann brach das Chaos aus. Ich machte, dass ich wegkam. Unter Schwierigkeiten drängte ich mich durch die wogende Menge, in meinem Kopf die letzten Worte einer Gedankenübertragung zwischen Fisch und Mensch: die Fjorde Norwegens.

Nach diesem Ereignis verließ ich New York. Es gab einen Ort auf dieser Welt, der mich rief. Ich folgte dem Hinweis von Essentia Aquam Theodoris.

Die letzte Hoffnung, sie zu finden, bestand darin, sie dort zu suchen, wo ihre Sehnsucht sie hingetrieben haben könnte. Zu den Kalten Wassern.

Ich heuerte auf einem Forschungsschiff an. Vor den Küsten Norwegens erforschten das Team und ich das Leben der Wale. Wir studierten ihre Ultraschall-Ortungen und ihren Magnetsinn, erkundeten ihr Verhalten, führten Zählungen durch und ordneten und katalogisierten jedes einzelne Tier. Ausgesuchte Tiere statteten wir mit Peilsendern aus, sodass wir ihre Wanderungen verfolgen konnten. Ein besonderes Augenmerk richteten wir auf das Phänomen, dass sich einzelne Tiere trotz ihres hervorragenden Orientierungssinnes verirrten und irgendwo strandeten. Ich ahnte, woran das lag. Auch ich hatte mich einst in den Tiefen des Meeres verirrt und war in eine Falle geraten.

Dort bei den Fjorden fand ich zu meiner inneren Ruhe zurück. Hier in diesen Gewässern war ich ihr näher, das fühlte ich. Morgens stand ich auf Deck und atmete die Luft, die sie geatmet hatte. Fuhren wir tief in die Fjorde hinein, sah ich die aufragenden Klippen, die sie gesehen hatte, hörte ich die steil abfallenden Wasserfälle, von deren Rauschen und Dröhnen sie mir berichtet hatte. Suchte ich mit dem Fernglas die Bergspitzen ab, sah ich grüne Flächen zwischen felsigem Grund, zählte die wenigen weit auseinanderstehenden Holzhäuser und spürte die Kälte des Wassers aufsteigen.

Tauchte ich hinab in die Tiefe, um die Peilsender zu befestigen, waren meine Gedanken bei Aquina. Dann war mir, als schwämme sie neben mir. Ich glaubte zu vernehmen, wie sie mir Anweisungen gab, wie ich zu atmen hätte, wie ich meinen Körper in Schwüngen durch das Wasser treiben und meine Füße wie eine

Schwanzflosse peitschen lassen könne, um mehr Geschwindigkeit zu erlangen. Manches Mal glaubte ich, ihre Stimme zu hören, die mich fragte, ob ich in den Flanken die kleinen und großen Druckwellen spüren könne. Dann antwortete ich in Gedanken: Ja, ich spüre es!

Selbst im tiefsten Wasser konnte ich ausmachen, wo sich unser Forschungsschiff befand. Ich spürte das Dümpeln in meinen Seiten. Ein vorbeifahrendes Fischerboot kratzte auf meiner Haut, ferne Fischschwärme kitzelten mich. Das Singen der Wale war sanft. Ich beobachtete, wie sie sich untereinander verhielten, zählte sie, bemerkte gleich, wenn einer sich auf Wanderung begab. Ich spürte die Klippen, die Unterwasserfelsen, den Sand, die Korallenriffe auf dem Meeresgrund. Wenn ich in den Fjorden schwamm, erkannte ich jedes Postschiff an seinen Bewegungen, an seiner Schwere und dem Stampfen der Motoren. Ich habe meine Fähigkeiten unter Wasser nie verloren.

Unter den wissenschaftlichen Kollegen galt ich als Sonderling. Es störte mich nicht. Ich war zufrieden auf diesem Schiff. Anders als meine Kollegen am New York Ocean Center respektierten sie mich. Sie erkannten meine Fähigkeiten und bewunderten, wie lange ich tauchen konnte, und wie leicht es mir fiel, die Wale zu erkennen oder Sender zu befestigen. Dass ich mit Fischen kommunizieren konnte, erzählte ich nicht. Sie hätten mir vermutlich nicht geglaubt.

Dreißig Jahre blieb ich auf dem Schiff.

Was mich glücklich machte in dieser Zeit, war, dass ich für lange Jahre dort sein konnte, wo Aquina glücklich gewesen war.

Als ich in Pension ging, spielte mir das Schicksal die Möglichkeit zu, ein Haus auf den Klippen zu erwerben. Einsam gelegen gab es keine Nachbarn. Ich war allein mit mir und der Luft Norwegens und den Kalten Wassern unterhalb der Felsen.

***

Wenige Meter von meinem Haus entfernt, dicht am Rand des Felsens, steht eine Bank. Von dort aus kann ich den Fjord und weiter links das Europäische Nordmeer sehen. Ohne die Nähe des Meeres kann ich nicht leben.

Bei jedem Wetter sitze ich vor meinem Haus und schaue auf die Landschaft um mich herum, das Wasser unterhalb der Klippe, die grünen Berggipfel auf der anderen Seite des Meeresarmes. Mit einem Fernglas suche ich die Wasseroberfläche ab. Die Hoffnung war dreißig Jahre mein Begleiter und sitzt neben mir auf dieser Bank. Äußerlich mag ich ein alter Mann sein, in meinem Inneren treibt mich die ewige Sehnsucht um.

Eine Sehnsucht, die ich seit Jahrzehnten mit mir herumtrage. Seit dem ersten Augenblick, als ich sie sah, habe ich dieses Verlangen gespürt. Und es hatte von Anfang an den Geschmack des Meeres.

Für einen kurzen Zeitraum meines Lebens hatte ich das Gefühl der vollkommenen Erfüllung. Als es vorbei war, empfand ich den Verlust umso stärker. Sie war wie ein Teil von mir, der aus meinen Eingeweiden herausgerissen wurde und den ich dringend benötigte, um vollständig zu sein.

Manchmal kann ich nicht glauben, was geschehen ist. Dann nehme ich etwas von dem weißen Pulver, das mir der junge Fischer regelmäßig bringt. Ich gehe hinüber zu der Vitrine. Dort liegt die Große Jakobsmuschel, in der ich die Perlmuttpailletten aufbewahre, die ich einst am Meeresgrund fand. Es dauert nicht lange und ich spüre Aquina in meinem Inneren, spüre sie nah bei mir. Und ich weiß, alles ist genau so geschehen, wie ich es erinnere.

Wenn ich nicht bei ihr sein kann, will ich mich dem Wasser widmen, dem Wasser, das voller Leben ist, dem salzigen Wasser, in dem alles Leben begann und alle Stufen der Evolution noch heute existieren.

Ich habe bereits bestimmt, was mit meinem Körper geschehen soll, wenn ich sterbe. Ich will, dass man mich in der See vor Norwegen über Bord wirft. Ich will ins Wasser, in die Kalten Wasser! Zu ihr!

BRIEF VON DER KÜSTE

Liebe Clara,

dieser Sommer an der See, den du mir empfohlen hattest, war genau das Richtige für mich. Schon als wir an dem kleinen Bahnhof ankamen und Gerrit uns mit dem Automobil abholte, wusste ich, dass sich hier mein weiteres Leben entscheiden würde.

Gerrit brachte Rudolf und mich, den Schrankkoffer und die gesamte Ausrüstung zu dem kleinen Chalet auf der Klippe. Kannst Du Dir vorstellen, was Rudolf alles mitgenommen hatte? Drei Monate am Meer, du liebe Güte, was gibt es da zu sehen, zu fangen und zu katalogisieren. Mehrere Kisten mit Glaskästen, Präpariernadeln und anderen Werkzeugen befanden sich in seinem Gepäck. Und all die Chemikalien, Du weißt schon, dieses stinkende Zeug, das mir bereits zu Hause so viel Übelkeit verursachte. Gott weiß, warum Rudolf solche Mengen davon mitgenommen hatte, als wolle er die gesamte hiesige Flora und Fauna damit ausrotten. Ja, ausrotten, so nenne ich seine morbide Neugierde an den kleinen Kerbtieren.

Aber lass mich von Anfang an erzählen! Das Haus war schön und liebevoll hergerichtet von der alten Freia. Sogar frische Blumen hatte sie in alle Räume gestellt. Da es lange Zeit unbewohnt war, roch es überall nach Mottenkugeln und mir wurde gleich übel. Und das, obwohl Freia, wie sie sagte, gründlich gelüftet hatte. Rudolf bemerkte den Geruch nicht. Wie auch? Er hat ständig damit zu tun. Er steckt sie in alle seine Sammlungskästen. Als ich es erwähnte, zuckte er mit den Schultern und meinte, ich sei hysterisch. Zu Freia sagte ich, er würde es auch nicht merken, wenn er Mottenkugeln essen würde. Freia antwortete nicht, aber in ihren Augen blitzte es und mir war klar, dass Freia meine Vertraute werden würde. Gleichzeitig fühlte ich in mir eine ähnlich morbide Neugier aufsteigen, wie ich sie an Rudolf sah, wenn er die armen Kreaturen aufspießte. Ja, ich spürte, ich könnte gefühllos sein wie er. Ich könnte Käfer mit Nadeln durchbohren und widerliches Ungeziefer vergiften.

Die nächsten Tage war ich damit beschäftigt, mit Freia lange Spaziergänge zu machen oder gemeinsam zu kochen. Wir hatten viel zu reden. Sie wollte wissen, wie mir das Leben mit Rudolf gefalle. Dann, als sie von Gerrit sprach, nahm ich mir ein Herz und erzählte alles. Und stell Dir vor, sie verstand mich vollkommen, ja, sie wollte mich unterstützen so gut es ginge und hoffte, dass auch für sie eine Möglichkeit, eine Wende, wie sie es nannte, eintreten könne.

Rudolf hatte nichts Besseres zu tun, als von früh bis Sonnenuntergang draußen herumzustreifen und die halbe Nacht in dem kleinen Arbeitszimmer zu verbringen. Tatkräftig unterstützt wurde er von Gerrit. Der Gestank der Chemikalien zog durch das ganze Haus, doch das kümmerte ihn wenig. Er meinte, wenn es mir zu viel würde, könne ich ja zu Freia gehen.

Und das tat ich! Ich ging zu Freia. Und da kam uns die entscheidende Idee. Es begann damit, dass Freia sagte, eine Bemerkung von mir ginge ihr nicht aus dem Kopf. Wir besprachen das Für und Wider der Methode, begannen zu experimentieren und kochten auf Teufel komm raus. Vom letzten Besuch hier kennst Du sicher noch die friesischen Eintopfgerichte, deftig zubereitet mit viel geräuchertem Speck. Wir machten sie noch würziger als üblich und sparten nicht mit Salz und Pfeffer. Rudolf ist kein Gourmet und sein Geschmackssinn ist durch das Hantieren mit Spiritus, Essigester und Dichlorbenzol ruiniert. Ausgerechnet er liebte unsere Eintöpfe. Nur Gerrit meckerte, aß aber dennoch alles auf. Gerrit hatte, wie sich herausstellte, einen empfindlichen Magen. Er musste sich ständig übergeben. Erinnerst du dich, wie nahe das Haus an der steil abfallenden Felskante steht? Der Balkon ragt bis an den Rand. Wenn ihm übel wurde, rannte er hinaus und übergab sich über die hölzerne Brüstung in die schäumende Brandung. Wir sagten ihm, er solle sich beim Essen mäßigen. Aber sag Männern etwas Vernünftiges, sie tun das Gegenteil.

Gegen Ende der zweiten Woche fuhren Rudolf und Gerrit in die Stadt. Rudolf hatte beim Apotheker eine Bestellung aufgegeben. Ihm waren Lindan und Cyanid ausgegangen. Diesen Tag nutzten wir, um uns in männlichen Fertigkeiten zu üben. Freia kam mit Gerrits Werkzeugkasten und wir trainierten unsere Geschicklichkeit mit Zange, Säge und Speitel. Am frühen Nachmittag war das Werk vollbracht und wir begannen zu kochen. Diesmal noch raffinierter, noch würziger, noch fantasievoller als bisher.

Gegen Abend kamen die beiden Männer mit mächtigem Hunger zurück und stürzten sich direkt aufs Essen. Wir hatten einen kräftigen und gehaltvollen Rotwein aus dem Keller geholt, der gut zu dem Bohneneintopf mit geselchtem Schweinebauch passte.

Tja, da begann Gerrits Magen erneut zu rebellieren. Er stürzte hinaus und war im nächsten Moment in der Tiefe verschwunden. Er wog bestimmt 80 Kilogramm und das Geländer war alt und morsch. Der gute Rudolf wollte für seinen Freund Hilfe holen. Dummerweise funktionierte der Fernsprecher nicht. Da hatte eine Maus das Kabel durchgebissen. Also setzte er sich in den Wagen und fuhr los.

Er kam nicht zurück. Ein Gendarm brachte mir die Nachricht, dass er im Spital läge. Es dauerte lange bei ihm. Fünf Tage – oder sechs. Ich besuchte ihn täglich und brachte ihm Suppe mit. Das Krankenhausessen war einfach nicht genießbar.

Die Gerätschaften habe ich dem Apotheker verkauft. Das heißt, die Insektenkästen und die Werkzeuge. Chemikalien hat der Mann genug. Und hier im Haus gibt es keine einzige Mottenkugel mehr.

Liebe Clara, jetzt will ich überlegen, was ich mit meinem neuen Leben machen werde. Bald komme ich zurück und freue mich schon, Dich zu sehen. Freia wird mich begleiten, sie will nicht mehr an der Küste wohnen.

Sie langweilt sich hier. Wir könnten verreisen. Drei Witwen auf Weltreise. Wie findest Du das? Auf solchen Reisen hat schon manche Frau einen Mann mit Geld gefunden. Und wenn er ein Ekel ist – was macht das schon.

Ich grüße und umarme Dich

Isolde

REZEPT FÜR EIN TOTSICHERES GELINGEN

Wenn Sie den friesischen Eintopf nachkochen wollen, ist hier das Rezept:

Friesischer Bohneneintopf

Zutaten
250 g Bohnen, weiße, getrocknet
2 Zwiebeln
Schweineschmalz
500 g geräucherter Schweinebauch
2,5 Liter Brühe
4 große Möhren
3 Stangen Porree
1 Sellerie
3 Lorbeerblätter
Wacholderbeeren
Thymian
Salz und Pfeffer

Zubereitung
Bohnen über Nacht einweichen. In einem Sieb mit kaltem Wasser abbrausen, abtropfen lassen. Die Zwiebeln abziehen, in Würfel schneiden. Mit heißem Schweineschmalz in einem großen Topf glasig dünsten. Bohnen

und das Bauchfleisch dazugeben und mit Brühe aufgießen. Bei mittlerer Hitze zum Kochen bringen.

Möhren schälen, grob würfeln. Porree putzen, waschen und in dicke Ringe schneiden. Sellerie putzen und würfeln. Paprikaschote waschen und in Streifen schneiden. Thymian abbrausen, mit dem Gemüse, Lorbeer und Wacholderbeeren zur Suppe geben. Gut durchmischen. Bei schwacher Hitze 60 Minuten köcheln lassen. Eventuell etwas Wasser zugeben.

Am Ende der Kochzeit Bauchfleisch herausnehmen, in grobe Würfel schneiden und wieder in die Suppe geben. Mit Salz und Pfeffer kräftig abschmecken, heiß servieren.

Von dem Einsatz von Mottenkugeln rate ich ab, auch wenn es Ihnen gelingen sollte, welche zu kaufen. Dichlorbenzol ist äußerst giftig und ebenso Naphthalin, ein anderer Bestandteil dieser weißen Giftbomben. Heute benutzt man Zedernholz und Lavendelsäckchen, was auch besser riecht. Entomologen verwenden zwar noch immer diverse Chemikalien, um ihre Sammlungen zu schützen, diese sind jedoch nur in sehr kleinen Mengen und gegen Vorlage des Personalausweises erhältlich.

Letztlich ist es äußerst fraglich, ob die drei Damen heutzutage so unbeschwert auf Weltreise gehen könnten wie damals. Eher wahrscheinlich ist, dass sich ihre Welt auf wenige Quadratmeter einengen würde und das möglicherweise lebenslang.

Aber in der Fiktion ist bekanntlich alles möglich und wer sich fragt, was aus den Damen Clara, Freia und Isolde geworden ist, der stelle sich vor, wie sie am Silvesterabend auf einem Überseedampfer vor einem opulenten Menü sitzen, das mit einem spektakulären Dessert endet. Vor jeder der Damen steht ein dunkles Gebäck in Gugelhupfform, umgeben von vanillefarbener Soße, in der einzelne rote Beeren schwimmen. Dem Dessert entströmt ein intensiver Rumgeruch. Wunderkerzen hat der Koch hineingesteckt, in jeden Plumpudding drei Stück. Kleine Leuchtsternchen wirbeln knisternd um die dünnen, mit einer Brennschicht ummantelten Drähte, wie Minifeuerwerke arbeiten sie sich von der Spitze nach unten, wandern tiefer und tiefer, und kurz bevor sie den Plumpudding erreichen, gießt der Ober noch einen zusätzlichen Schuss Rum darüber und dann entzündet sich ein Funke an dem Alkohol. Die glitzernden Sternchen werden weniger und gehen schließlich unter in den Flammen, die den ganzen Gugelhupf umschließen wie eine Aura.

Als sich die drei Damen über den Tisch hinweg ansehen, sehen sie das Leuchten der Desserts wie ein loderndes Feuer in ihren Augen.

DIE FRAUEN VOM THALKOGELHOF

Es war der Winter 1956. Anna hatte Ansgar drei Monate zuvor auf dem Kirchweihfest von Mariä Kirchlein in Obermark kennengelernt. Sie war gerade achtzehn geworden und freute sich, dass ihre Eltern ihr erlaubten, das Fest zu besuchen. Der Ort Untermark, in dem Anna wohnte, hatte keine eigene Kirche und hier gab es kein Kirchweihfest.

Zwei Tage später stieg Ansgar eine Leiter hinauf und klopfte an Annas Fenster im ersten Stock. Wie er in der Nacht von Thalwang nach Untermark gekommen war, konnte Anna sich nicht erklären. Es war eine Entfernung von über vierzig Kilometern und ein Bus hielt in ihrem Ort einmal am Tag. Es imponierte ihr, dass er den weiten Weg auf sich genommen hatte.

„Ich bin vernarrt in dich", sagte er. Und sie glaubte es.

Vier Wochen später blieb ihre Regel aus.

Es war ein ungeschriebenes und ehernes Gesetz in ihrem Dorf und in der gesamten Gegend, dass schwangere Madln sofort verheiratet wurden.

Wie ihre liebste Freundin Resi. In der Schule waren sie vom ersten Tag an beisammen. Die Resi hatte davon geträumt, eines Tages nach München zu gehen, um dort in dem großen Kaufhaus eine Lehre zu beginnen. Mit ihren guten Schulnoten hätte sie Chancen gehabt. Ihr

Vater war anderer Meinung. Wer hätte das bezahlen sollen, wenn ihr Lehrlingsgehalt nicht reichen würde, um in München ein Zimmer zu bezahlen, und wer hätte ihre Arbeit auf dem Hof erledigen können, wenn sie nach München ginge? Als die beiden Freundinnen in der letzten Klasse waren, wurde die Resi schwanger. Damit erledigten sich alle ihre Wünsche und die Fragen des Vaters.

Dafür dauerte es eine Weile, bis die gerichtliche Erlaubnis zur Heirat eintraf, denn die Resi war noch keine sechzehn. Ihr Bauch begann dicker zu werden und im Ort wurde getuschelt. Kaum war sie verheiratet, platzte die Fruchtblase. Der Fötus war nicht lebensfähig. Der Bauer, den sie geheiratet hatte, hatte damit gemacht, was er auch mit den totgeborenen Kälbchen machte.

Als drei Jahre später Annas Zeit gekommen war, da saß die Resi bereits mit zwei Bälgern und erneut schwanger auf einem hölzernen Hocker im Stall und versuchte, den Zitzen einer mageren Kuh Milch zu entlocken.

Jedenfalls war Anna nun an der Reihe, zu heiraten. Es war Winter und es schneite. Das Kleid der Mutter passte ihr. Sie hatte kaum zugenommen. Damit das weiße Kleid in dem weißen Schnee nicht farblos wirkte, hatte die Mutter aus einem alten roten Seidentuch der Großmutter eine Stoffrose genäht und an das Kleid gesteckt.

Dann zog sie mit Ansgar fort. Auf einem Karren, der von der einzigen Kuh ihrer Eltern gezogen wurde. Außer dem Karren und der Kuh hatte sie eine Kiste mit Aussteuer bei sich, Wäsche, Decken und Laken sowie persönliche Sachen und Kleidung.

Der Weg nach Thalwang war lang und die Kuh, die den Karren zog, langsam. Sie kamen mitten in der Nacht dort an und schliefen in einer Scheune am Ortsrand. Der Thalkogelhof von Ansgar lag außerhalb des Dorfes auf halber Höhe am Hang des Thalkogels. Am nächsten Morgen machten sie sich auf den steilen Weg bergauf.

Immerhin schien die Sonne, als sie aufbrachen, doch je weiter es bergauf ging, umso ungemütlicher wurde es. Zuerst schoben sich schwere Wolken vor die Sonne, ein scharfer Wind kam auf, dann Nebel und auf dem letzten Stück, es war der steilste Teil des Weges, ein Schneesturm, wie Anna noch keinen zuvor erlebt hatte. Den Karren und die Kuh mussten sie zurücklassen und sich zu Fuß nach oben kämpfen. Letzten Endes erreichten sie den Hof mithilfe der guten Ortskenntnisse von Ansgar. Er kannte den Weg. Anna hätte in der weißen Hölle nichts unterscheiden können. Nicht einmal die Gebäude hatte sie in dem Schneegestöber ausmachen können. Wie froh war Anna, dass der Sturm aufhörte zu blasen, als sie auf dem Hof ankamen. Und Ansgar sagte: „Schau, da ist es!"

Ihre Füße fühlten sich trotz der dicken Wollsocken an wie eingefroren, und ihre Hände, die sie mit ein paar Leintüchern umwickelt hatte, waren steif, sie spürte sie nicht mehr.

Die Schwiegermutter, eine hagere, knochige Frau, war damit beschäftigt, den Weg vor der Eingangstür freizuschaufeln. Als die beiden Hochzeitsleute näher kamen, drückte sie Anna die Schaufel in die Hand.

„Hier kannst du weitermachen. Damit du dich daran gewöhnst."

Anna wusste, dass sie gegen die Heirat war, obwohl die beiden sich vorher nie gesehen hatten.

Man muss wissen, es gab ein Nachrichtennetz, das alle Orte und Höfe, sogar die entferntesten, miteinander verband. Es gab Männer und Frauen, die kamen viel in der Gegend herum. Sie besuchten mal diese Familie, waren mal auf jenem Hof zu Gast. Sie erzählten, was wo geschehen war, wer heiraten musste, wer gestorben war, wer ein Kind geboren hatte, wie es um die Ernte stand und wer was erbte. Zuhause hatten Annas Eltern oft Besuch von einem entfernten Onkel. Er hieß Alois Huber und es schien Anna, als wüsste er alles. Als Kind hatte sie ihn den „Berichterstatter" genannt. So hieß die Zeitung in ihrer Gegend. Allerdings war er schneller. Vieles wusste er, bevor es in der Zeitung stand.

Auf diese Weise hatte Anna über ihre zukünftige Schwiegermutter erfahren, dass es nicht leicht war, mit ihr auszukommen. Aber wenn man jung ist und kurz vor einer Heirat steht, vergisst man solche Dinge schnell.

Nun stand sie dieser Frau gegenüber und der Empfang war so frostig wie das Wetter. Was sollte sie tun? Sie nahm die Schaufel und schippte den Schnee, obwohl der eisige Wind ihr die Tränen an den Wangen festfror. Ansgar ging mit der Schwiegermutter ins Haus.

Endlich hörte es auf zu schneien und Anna hatte einen Weg von der Haustür des Wohnhauses bis zum Kuhstall freigelegt. Der Stall war ein hölzerner Schuppen, der an ein Steinhaus, eine ehemalige Scheune, angebaut war, in der sich Ansgars Werkstatt befand. Sie ging in den Stall. Vier Kühe standen dicht gedrängt beieinander. Sie verströmten eine wohltuende Wärme und einen vertrauten Geruch. Anna dachte an die Kuh ihrer Eltern, die eingeschneit am Wegrand lag und musste noch mehr weinen. Eine der Kühe begann vorsichtig an ihrem Ärmel zu knabbern. Anna umarmte sie.

Sie kam zu sich, als sie die Stimme ihrer Schwiegermutter hörte. Da ging sie ins Haus.

Auf dem Tisch in der Küche standen ein Topf und zwei benutzte Teller. Ansgar und die Mutter hatten bereits gegessen.

„Setz dich", sagte die Alte und wies auf einen Schemel. Sie stellte einen Teller vor Anna hin und forderte sie auf, zu essen.

„Mehr haben wir nicht", sagte die Schwiegermutter und zu Ansgar gewandt brummte sie: „Dass du die anschleppen musstest. Wir haben kaum genug für uns alle."

„Halt's Maul", antwortete Ansgar.

Anna und Ansgar hatten ihr Schlafzimmer im oberen Stock. Dort war es sehr kalt. Die Schwiegermutter schlief in der Küche, die der einzige Raum war, der beheizt wurde. In dem alten Küchenofen brannte den ganzen Tag ein Feuer. Es war der Raum, in dem sich alle aufhielten. Die anderen Räume des Hauses wurden nicht benutzt. Sie waren entweder komplett leer oder vollgestopft mit unbrauchbarem Plunder. Nur der Raum neben dem Schlafzimmer des jungen Paares war eingerichtet. Es war ebenfalls ein Schlafzimmer. Dort standen ein Doppelbett, ein Kleiderschrank und eine Kommode. Hier hatte Ludwig, Ansgars Bruder, gewohnt, der vor zwei Jahren bei einem Unglück am Berg ums Leben gekommen war.

Den größten Teil des Winters verbrachte Anna mit Schneeschippen. Von der Haustür zum Kuhstall und von dort zu den Hühnern. Neben dem Freihalten der Wege gehörte das Versorgen der Kühe und der Hühner zu ihren Aufgaben. Dazu musste sie Heu und Stroh und für die Hühner Körner aus einem Schuppen auf der anderen Seite des Hofes holen. Den Mist, den sie aus den Ställen räumte, brachte sie zu einem schmutzigen, schneebedeckten Haufen neben dem Eingangstor zu Ansgars Werkstatt. Neben der Werkstatt mit dem angebauten Kuhstall und dem auf der anderen Seite gelegenen Schuppen gab es seitlich neben dem Wohnhaus ein Glashaus, ein aus Balken und alten Fenstern zusammengeschusterter Bau, in dem Gemüse wuchs, und hinter dem Haus befand sich ein hölzerner Unterstand, in dem Holz gelagert wurde, welches Ansgar zu Brennholz hackte. Es war Annas Pflicht, alle Wege freizuhalten. Das konnte bedeuten, dass sie mehrmals am Tag den frischen Schnee beiseite schaufeln musste.

Mit diesen Arbeiten war sie von morgens bis abends beschäftigt. Wenn in der Nacht frischer Schnee gefallen war, dann musste sie um fünf in der Früh aufstehen. Ansgar arbeitete in der Werkstatt, zu der Anna keinen Zugang hatte. Er hatte es ihr strikt verboten, dieses Gebäude zu betreten. Das Tor war mit einem Vorhängeschloss gesichert. Einmal hatte sie durch eines der Fenster mit den blinden Scheiben hineingeschaut. Viel konnte man nicht sehen. Weit hinten erkannte sie einen Traktor. Ein alter Heuwender stand dicht beim Fenster. Rechts an der Wand war ein Werktisch, übersät mit allerlei Werkzeugen, daran lehnte eine Heugabel und eine Flinte.

Die Schwiegermutter war die meiste Zeit im Haus. Sie kümmerte sich um den Haushalt und das Essen. Abends gab es Suppe und gelegentlich war darin etwas Geräuchertes.

Anna war gerade zwei Wochen auf dem Hof und der Schnee fiel unaufhörlich, sodass sie seit den frühen Morgenstunden nichts anderes getan hatte, als die Wege freizuräumen. Bei der ganzen Anstrengung hatte sie nichts bemerkt, doch als sie sich umdrehte und die feuchte, dunkle Stelle auf dem frischen Weiß sah, da spürte sie es an den Beinen herunterlaufen.

Die Schwiegermutter versorgte Anna. Sie war routiniert, als wenn sie ihr ganzes Leben lang nichts anderes gemacht hätte.

„Wenigstens haben wir keinen weiteren Esser", war ihr einziger Kommentar zu dem Vorfall. Ansgar sagte nichts.

Ständig befürchtete die Schwiegermutter, das Essen würde nicht reichen „für die vielen Mäuler", wie sie es ausdrückte. Wenn man sie anschaute, konnte man wirklich annehmen, sie bekäme nicht genug zu essen, so dünn war sie. Doch der Vorratskeller war voll. Da waren Kartoffeln, Vorräte an getrockneten Erbsen, Bohnen und Linsen, es gab Schinken, in großen Gläsern lagen Soleier und in einem Regal standen Einmachgläser mit Gemüse und Obst. Die Hühner legten ein paar Eier und es gab Milch von den Kühen. Sie hätten gut leben können, aber die Alte geizte mit allem.

Täglich ging Anna zu den Kühen, um sie zu melken. Das war ihr die liebste Arbeit, weil sie die Kühe mochte und die Kühe schienen sie zu mögen. Wenn sie bei den Kühen war, musste sie an die Kuh ihrer Eltern denken, die sie auf dem Weg zum Hof im Schneesturm zurückgelassen hatten. Noch immer war der Weg ins Tal zugeschneit. Erst wenn es taute, würde Ansgar sie mit dem Traktor holen können.

Wenn Anna traurig war, schienen die Kühe im Stall das zu spüren. Sie stupsten Anna mit ihren feuchten Nasen an oder zupften an ihrer Kleidung.

Obwohl Anna diejenige war, die die Kühe melkte, bekam sie keine Milch. Sie fragte sich, was die Mutter mit der Milch machte. Sie konnte nicht alles zu Käse oder Butter verarbeiten. Zumal sie zu den Mahlzeiten Käse und Butter nur in geringen Mengen auf den Tisch stellte.

Wenn ihr die Arbeit auf dem Hof Zeit ließ, ging Anna in den Kuhstall. Wenn eine der Kühe im Stroh lag, legte sie sich neben sie und ruhte sich aus.

Ansgar war tagsüber selten zu sehen. Manchmal hörte Anna ihn hinter dem Wohnhaus Holz hacken. Die meiste Zeit verbrachte er in seiner Werkstatt und ließ sich sogar Essen von der Mutter in sein Heiligtum bringen. Die Alte durfte die Werkstatt betreten. Sie kam mit Topf oder Schüssel und verschwand sofort wieder. Natürlich wunderte Anna sich, warum sie Ansgar Extraportionen mit Essen brachte. Die Schwiegermutter oder Ansgar zu fragen, wagte Anna nicht.

Es war eine Woche, nachdem Anna das Kind verloren hatte. Es hatte tagsüber nicht geschneit und sie verbrachte den Nachmittag im Stall. Zu der Schwiegermutter ins Haus gehen mochte sie nicht. Sie lag neben der Kuh im Stroh und war kurz eingeschlafen. Da bemerkte sie ein leises Wimmern. Erst dachte Anna, sie hätte geträumt. Als sie sich aufrichtete, war es still. Sie legte sich wieder hin, und es begann erneut. Dazwischen muhte eine der Kühe und überlagerte das Geräusch.

Seit den frühen Morgenstunden hatte sie Ansgar nicht gesehen und vermutete, dass er in seiner Werkstatt wäre und dort an irgendetwas bastelte und dieses Geräusch verursachte. Ein Scharnier vielleicht, das quietschte? Es hätte auch eine der Katzen sein können, die in den Gebäuden Unterschlupf vor der Kälte suchten.

Aber Anna dachte an einen Säugling.

Eigentlich war sie froh, dass sie das Kind verloren hatte. Allein wegen der Schwiegermutter mit ihrer Sorge, dass ein weiterer Esser hinzukommt. Andererseits hörte man gelegentlich, dass eine Mutter, die ihr Kind verloren hatte, neurotisch würde. Anna fragte sich, ob ihre Vorstellung, das Geräusch sei das Wimmern eines Kindes, ein erstes Zeichen dafür war, dass sie verrückt wurde? Sie wollte es ignorieren, doch es brannte sich in ihr Gehirn.

Am Abend entdeckte sie etwas anderes, was sie irritierte.

Weil es nicht schneite, hatte Ansgar die Gelegenheit genutzt, um mit einem Schlitten den Berg hinunterzugehen, bis zu der Stelle, wo sie vier Wochen zuvor die Kuh, die Karre und die Kiste mit Annas Aussteuer zurückgelassen hatten. Das war nicht leicht. Der Schnee lag knie-hoch und er brachte nur Annas Aussteuer auf dem Schlitten zum Hof.

Als Anna das Haus betrat, stand die Kiste im Flur zwischen abgestellten Möbeln und Gerümpel. Sie war ein Stück von Annas altem Zuhause. Wehmütig öffnete sie die Truhe und überlegte, ob sie die alte zerschlissene Bettwäsche der Schwiegermutter gegen die neue aus ihrer Aussteuerkiste tauschen sollte. Da stutzte sie. Der Inhalt der Truhe sah zerwühlt aus. Anna war nicht gleich klar, was fehlte und sie hob einige Sachen heraus. Obenauf lag Kleidung. Die schöne gestrickte Wolljacke, die Anna zum Dirndl trug, war weg, ein Laken und Handtücher fehlten.

Schnell klappte sie den Deckel zu, als sie die Schritte der Schwiegermutter hinter der Tür zur Küche hörte. Die Alte rief zum Abendessen.

Nachdenklich saß Anna an dem wackeligen Esstisch. Sie konnte nicht aufhören, an die verschwundenen Sachen aus der Aussteuertruhe zu denken. Die Wäsche hier im Haus war alt und verbraucht. Vielleicht hatte die Schwiegermutter nach besserem Leinen gesucht. Aber die Dirndljacke! Das konnte Anna ihr nicht verzeihen. Auch machte sie sich Sorgen, weil unter dem schweren Stapel Wäsche und Laken noch ein Umschlag mit Geld lag. Er war noch da, sie hatte ihn ertastet, aber was wäre, wenn die Alte ihn finden würde? Sie würde es Anna zur Last legen, dass sie nichts davon erzählt hatte. Anna wusste selber nicht, warum sie bisher kein Wort darüber verloren hatte, dass der Vater ihr, bevor sie ging, noch diesen Umschlag mit Geld gegeben hatte. Vielleicht war sie anfangs mit anderen Dingen beschäftigt gewesen.

Später, als sie die Kleinlichkeit der Schwiegermutter wegen des Essens mehr und mehr zu ärgern begann, wollte sie es für sich behalten. Sie wollte es einfach nicht mit ihr teilen. Auch nicht mit Ansgar. Für das bisschen Essen, das sie bekam, arbeitete sie hart. Da wollte sie sich nicht wegnehmen lassen, was ihr gehörte.

Das Wimmern, das sie im Kuhstall vernahm, das ihr in den Ohren hängen blieb bis in die Nacht, und das Verschwinden der Wäsche begleiteten Anna bis in den Frühling hinein. Wenn sie schuftete, vergaß sie es, sobald sie zur Ruhe kam, war alles wieder da. Selbst nachts hörte sie ein Weinen oder träumte davon, und wenn sie wach wurde und lauschte, war es still. Im Traum zählte sie die Aussteuerwäsche und die mitgebrachte Kleidung. Dann stellte sie fest, was fehlte. Wollte sie im Traum prüfen, ob der Umschlag mit dem Geld noch unter den schweren Laken lag, wachte sie auf, bevor sie ihn fand. Beunruhigt lag Anna mit offenen Augen im Bett, starrte lange in die Dunkelheit und überlegte, wo sie das Geld verstecken könnte, damit die Mutter oder Ansgar es nicht finden würden.

Als im März der Schnee zu schmelzen begann und der Weg vom Hof ins Tal passierbar wurde, beschloss Ansgar, mit Anna zusammen nach dem Karren und der Kuh ihrer Eltern zu schauen. Er wollte wissen, was von der Kuh noch zu gebrauchen war. Als sie dort ankamen, hatten sich die Tiere des Waldes über die Kuh hergemacht. Es war kaum etwas übrig. Sie ließen die Reste liegen und kehrten mit dem Karren zum Hof zurück.

Zu Ostern gingen alle drei hinunter ins Dorf. Weil man sich in der Kirche sehen lassen muss, meinte Ansgar. Anna lernte ein paar Leute kennen, die im Ort wohnten und sie traf Alois Huber. Sie freute sich, jemanden zu sehen, den sie kannte. Er fragte nach dem Kind, nach der Gesundheit und ob die Schwiegermutter, Ansgar und Anna miteinander auskämen. Anna sagte die Wahrheit, aber nicht die ganze Wahrheit. Später, als sie neben Alois in der Kirchenbank kniete, flüsterte er ihr zu, er wüsste Bescheid, schließlich hätte die Alte schon einmal eine Schwiegertochter vom Hof gejagt. Und niemand wusste, wohin die junge Frau gegangen war.

Kurze Zeit später fegte das Frühjahr den letzten Flecken Schnee von den Wiesen und Wegen. Die Kühe wurden zur Alm getrieben, die eine halbe Stunde oberhalb des Hofes lag. Anna ging mit Ansgar oder der Mutter an jedem Mittwoch der Woche mit einem Handkarren hinunter ins Dorf. Tränen traten ihr jedes Mal in die Augen, wenn sie auf halbem Weg an den Resten ihrer Kuh vorbeikamen. Auf dem Marktplatz verkauften sie Milch, Eier und Gemüse. Manchmal, wenn Ansgar zuvor auf der Jagd etwas geschossen hatte, brachten sie das Wildbret zum Markt.

Als sie das erste Mal in diesem Jahr zum Markt zogen, hatte Ansgar noch einen schweren Motorblock von irgendeiner Maschine auf den Karren geladen, den sie bei einem anderen Bauern im Dorf abgaben. Ansgar bekam Geld und nahm gleich einen alten Rasenmäher mit. Da begriff Anna, dass Ansgar in seiner Werkstatt tatsächlich Reparaturen durchführte.

An den Markttagen traf Anna meist den Alois. Einmal brachte er ihr einen Brief ihrer Eltern. Den steckte sie schnell in die Tasche ihres Kittels. Am Abend, wenn sie bei den Kühen sein würde, wollte sie ihn lesen.

Gerne hätte Anna den Eltern geschrieben, aber auf dem Hof gab es kein Papier und keinen Umschlag. Stattdessen bat sie Alois, den Eltern auszurichten, dass alles in Ordnung sei.

Am nächsten Morgen, als sie in der ersten Morgendämmerung den Berg hinaufstieg, um die Kühe auf der Alm zu melken, knisterte der Brief in ihrer Tasche. Sie setzte sich auf einen kleinen Felsen am Wegrand und las. Es war ein kurzer Brief. Annas Eltern waren nicht gewohnt zu schreiben. Sie bedauerten den Tod der Kuh, fragten, ob das mitgegebene Geld reichen würde, das Kind erwähnten sie nicht.

Das Leben auf dem Hof ging weiter. Zum Glück war im Frühjahr das Schneeschippen vorbei, dafür half Anna der Schwiegermutter im Garten Gemüse anzubauen. Zwischendurch, wenn keiner sie vermisste, verkroch sie sich in dem leeren Stall. Dort roch es nach den Kühen und nach dem Stroh, mit dem sie die Boxen ausgelegt hatte.

Anna wusste, dass außer ihr niemand den Stall betrat. Die Kühe zu versorgen, war ihr übertragen worden und die Kühe waren seit Mai auf der Alm. Da kam sie auf die Idee, den Umschlag mit dem Geld der Eltern in einer Ecke im Stall zu verstecken. In einer alten Kommode im Haus hatte sie eine kleine Blechdose gefunden, in der früher Tabak gewesen war. In diese Dose steckte sie den Umschlag mit dem Geld und schob sie unter ein loses

Brett am Boden, dort wo im Winter ihre Lieblingskuh gestanden hatte. Den Boden bedeckte sie mit Stroh.

Es war ein gutes Gefühl, auf der frischen Einstreu zu liegen, auf ihrem persönlichen Schatz. Das Wissen, dass es etwas gab, das nur ihr gehörte, half ihr über die Traurigkeit hinweg, die sie nahezu täglich heimsuchte.

Anna lag auf dem Rücken, stierte auf die rohe Holzdecke mit den angeschlagenen Dachpfannen darüber. Durch die Ritzen glänzte der helle Tag und sie lauschte auf das Wimmern. Gelegentlich war da ein Kratzen und Schaben. Das Verrückteste war, dass sie glaubte, ein Murmeln zu hören. Wie jemand, der mit sich selber spricht oder in der Kirche ein Gebet aufsagt. Einmal mehr glaubte sie, dass sie verrückt würde. Aber das durfte niemand merken. Deshalb hatte sie den Eltern ausrichten lassen, alles sei zum Besten bestellt. In Wirklichkeit hatte sie Fantasien. Merkwürdige Fantasien. Das Kind, das sie verloren hatte: Wo war es hingekommen? Was hatte Ansgar damit gemacht? Nie hatten sie ein Wort darüber gesprochen. Das war nicht ungewöhnlich, weil sie kaum miteinander sprachen. Überhaupt wurde in dieser Familie wenig gesprochen.

Annas Gedanken drehten sich immer häufiger um diese Frage. Mal glaubte sie, das Kind würde leben und es würde ihr verschwiegen. Dann dachte sie, dass das nicht sein könnte, weil es nicht lebensfähig war, nach knapp vier Monaten.

Einmal, als der Druck zu groß war, sprach sie beim Abendbrot davon, dass es im Stall Geräusche gäbe. Nicht das Rascheln von Mäusen oder Kratzen einer Katze, eher wie das Weinen eines kleinen Kindes.

„Was suchst du im Kuhstall?", fragte Ansgar. „Die Kühe sind auf der Alm. Im Stall hast du nichts verloren."

Seine Stimme klang erbost. Er schmierte sich Butter auf die Brotscheibe, die vor ihm lag und blickte Anna nicht an.

Die Schwiegermutter stand da wie eingefroren und schaute prüfend auf Anna herunter. Ihre hagere Gestalt wirkte wie eine Drohung. Sie glaubt, ich sei verrückt, fuhr es Anna durch den Kopf, sie wird mich einsperren lassen.

„Dann war es wohl diese wilde Katze", sagte Anna und ließ es wie beiläufig klingen.

„Du hörst eine Katze und bildest dir ein, es sei ein Kind. So etwas Verrücktes habe ich noch nie gehört."

Ansgar stierte auf sein Brot und schüttelte den Kopf.

„Weibergeschmarrn!"

Er machte sich über Anna lustig. Obwohl sie damit hätte rechnen können, verletzte es sie, mehr noch, es machte ihr Angst. Hatte er nicht „verrückt" gesagt?

Sie musste sich zusammennehmen. Als verrückt zu gelten, das hieß, dass man ausgegrenzt, weggeschickt, fortgejagt wurde. Auf Verrückte zeigten die Leute mit dem Finger oder schüttelten den Kopf. Wer verrückt war, den konnte man nicht gebrauchen, den schickte man weg. In der Nähe von München gab es eine Irrenanstalt. Auch aus Annas Dorf ist eine dort gelandet.

Ich darf nichts sagen, hämmerte Anna sich ein, darf nichts erwähnen, was man nicht sehen und anfassen kann. Schließlich konnte sie selbst nicht unterscheiden, was Hirngespinst und was real war. Anna wollte die Sache vergessen. Aber so einfach ging das nicht.

Der Sommer wurde heiß. Sogar auf dem Berg wurde es an manchen Tagen unerträglich. Noch schlimmer war es unten im Dorf, wenn Anna auf dem schattenlosen Marktplatz stand. Seit einiger Zeit durfte sie ohne die Begleitung von Ansgar oder der Mutter auf den Markt. Die Mutter blieb oben, weil es ihr unten im Dorf zu heiß war, und Ansgar kam nur mit, wenn er seine Geschäfte mit den reparierten Maschinen abwickelte.

Dort, wo der Weg den Berg hinab auf die Straße stieß, fünfzig Meter vom Ortsrand entfernt, gab es seit Kurzem eine Haltestelle für den Bus. Mit einer Bank und einem Dach darüber. Der Bus kam zwei Mal am Tag. Morgens um sieben Uhr und nachmittags um sechzehn Uhr. Er fuhr in beide Richtungen. Morgens in die eine und nachmittags in die andere. Die Buslinie verband alle Dörfer in der Umgebung. Er fuhr bis Mariä Kirchlein und bis in die Kreisstadt, wo es einen Bahnhof gab. Wenn Anna gewollte hätte, könnte sie in einer Stunde in ihrem Heimatdorf sein und die Eltern besuchen.

Das tat sie natürlich nicht. Woher sollte sie das Geld für den Bus nehmen? Wenn sie die Einnahmen vom Markt nicht nach Hause brachte, würde die Schwiegermutter misstrauisch werden. Wenn sie ihr eigenes im Kuhstall verstecktes Geld nähme, müsste sie möglicherweise erklären, woher es kam. Außerdem würden weder die Schwiegermutter noch Ansgar es gern sehen, wenn sie ihre Eltern besuchte. Nein, das ging nicht. Aber daran denken tat sie oft. Auch die Überlegung, in die andere Richtung zur Kreisstadt zu fahren, wo sie noch nie war, spukte in ihrem Kopf herum.

Es kam der heißeste Tag des Jahres. Es war Anfang August und bereits in den Morgenstunden brannte die Sonne, als gelte es, jeden einzelnen Grashalm zu versengen. Ansgar hatte tags zuvor eine kleine Wiese zweihundert Meter oberhalb des Hofes mit der Sense gemäht. Den ganzen Tag hatte Anna das Heu zusammengebunden. Wegen der steil abfallenden Fläche konnten sie keine Maschinen einsetzen. Als sie am späten Nachmittag müde von der anstrengenden Arbeit auf dem Weg hinunter zum Hof ging, schwindelte ihr. Der von Wurzeln und Geröll unebene Weg verschwamm vor ihren Augen zu einer grauen Masse. Nach der letzten Biegung verlief der Weg oberhalb des Hofes. Müde setzte sie sich in den Schatten eines Baumes. Der Schwindel legte sich. Von hier aus hatte sie eine gute Aussicht über den Hof und die Freiflächen. Hinter der Werkstatt lag eine Wildwiese, die sich bis an den Waldrand hinzog. Ihr Blick schweifte über die Landschaft und über die Dächer der Gebäude, als sie in der Wiese eine Bewegung wahrnahm. Es schien, als wenn ein Tier sich durch die hohen Halme bewegte.

Erst dachte sie an ein Reh. Im Winter kamen die Rehe bis auf den Hof. Im Sommer fanden sie im Wald genug zu fressen. Es könnte ein Fuchs sein, der durch das Gras streifte, war ihr nächster Gedanke. Dann erkannte sie es. Ein Kind. Es konnte höchstens zwei Jahre alt sein. Sofort dachte sie an ihr verlorenes Kind. Wieder musste sie sich selbst zurechtweisen. Ihr Kind wäre jetzt viel kleiner, machte sie sich klar. Es würde kaum laufen können.

Sie versuchte, ihre Gedanken und ihren Herzschlag zu beruhigen. Vielleicht war es eine Spiegelung vom grellen Sonnenlicht. Sie legte ihr Gesicht in die Hände und verharrte eine Weile in dieser Stellung.

Als sie aufblickte, lag die Wiese wie unberührt in der Sonne. Kein Wind strich über die Halme. Nur die Hitze drückte alles zu Boden.

Anna setzte ihren Weg fort. Als sie den Hof erreichte, glaubte sie, ein Kinderlachen zu hören. Da lief sie schnell ins Haus.

Scham überkam sie, weil ihre Verrücktheiten schlimmer wurden. Erst das Wimmern, jetzt ein Kind. Hier auf dem Hof gab es keine Kinder! Das wusste sie und dennoch spielten ihre Sinne ihr diesen Streich. Sie hatte Angst, doch sie durfte sich nichts anmerken lassen. Um sich zu vergewissern, dass sie nicht irre wurde, hob sie den Deckel der Aussteuerkiste und prüfte den Inhalt. Erneut stellte sie fest, dass etwas fehlte. Diesmal war es ein buntes Kopftuch. Das war kein Ausbund ihrer Fantasie. Das war die Schwiegermutter, dachte sie. Was machte sie damit? Nie hatte Anna eines der fehlenden Laken und Handtücher im Hause gesehen. Die Dirndljacke blieb ebenfalls verschwunden.

Es beruhigte Anna, dass der Umschlag mit dem Geld nicht mehr in der Kiste lag, sondern gut versteckt im Kuhstall. Wer weiß, ob sie das Geld nicht brauchen würde?

Der Sommer ging vorüber. Ende September holten sie die vier Kühe von der Weide. Anna war glücklich, als sie wieder im Stall standen, wo sie das Geld bewachten und Anna kleine Gelegenheiten nutzen konnte, sie zu besuchen. Wenn sie eine Verschnaufpause von der Arbeit brauchte oder es im Hause nicht aushielt, lief sie die paar Schritte über den Hof hinüber zu ihnen. Besonders nach dem Abendbrot, wenn die Mutter über ihre

Flickarbeit gebeugt in einem Sessel saß und Ansgar auf dem Küchentisch seine Schrotflinte reinigte, floh Anna vor dem Schweigen im Haus. Nutzlos und überflüssig kam sie sich vor und keiner der beiden nahm Notiz davon, wenn sie das Haus verließ und zum Stall ging.

Flüsternd erklärte Anna ihrer Lieblingskuh, dass sie aufpassen sollte: auf Anna, auf das Geld.

Und sie lauschte auf Geräusche. Das Wimmern hatte sich seit ein paar Wochen verändert. Es glich einem klagenden Winseln, das ihr die Haare an Armen und Beinen aufstellte.

Eine rollige Katze, versuchte sie sich einzureden. Gleichzeitig wusste sie, dass die wilden Katzen, die sich auf dem Hof herumtrieben, nicht mehr nach einem Kater schrien. Sie hatten in dem Schuppen auf der anderen Seite des Hofes Unterschlupf gefunden, wo sie ihre Jungen versorgten.

Eigenartig war, dass seit ein paar Tagen die Kühe unruhig wurden, sobald das Weinen begann.

Warum Anna nicht vor den Geräuschen weglief, lag an dem Murmeln, das sich beruhigend wie eine Decke über die gequälten Laute legte und ihre ängstlichen Gedanken im Zaum hielt. Nachts schlief sie schlecht, jeder kleinste Laut weckte sie. Neben dem Wimmern, dem Winseln, dem Murmeln hörte Anna das Muhen der Kühe. Dann saß sie aufrecht im Bett und lauschte.

Es war ein Tag Ende Oktober. Ansgar war früh am Morgen aufgebrochen und auf die Jagd gegangen. Vermutlich würde er ein paar Hasen, Rebhühner oder Wildgänse nach Hause bringen. Mit viel Glück Damwild oder ein Wildschwein. Einen Teil der Jagdbeute würden

Anna und die Alte am nächsten Tag auf den Markt bringen und verkaufen, den Rest würde die Schwiegermutter salzen, trocknen und einkochen für den Winter.

Die Alte machte sich im Glashaus zu schaffen und sorgte für das Wintergemüse. Anna säuberte den Kuhstall. Das alte Stroh schaufelte sie auf eine Schubkarre und fuhr es hinüber zu dem großen Misthaufen neben dem Tor zur Werkstatt. Die klapprige Tür vom Kuhstall war gerade mit einem Knall hinter ihr zugefallen, da hörte sie das klägliche Weinen. Auch wenn ihr ein Schauer über den Rücken lief, so war sie inzwischen daran gewöhnt und setzte ihre Arbeit fort. Als sie die Schubkarre am Misthaufen auskippte, fuhr ihr ein neuer Schreck durch die Glieder. Hinter dem Mist hockte eine Gestalt, drängte sich erschrocken an die Hauswand und starrte Anna mit vom Dreck verkrustetem Gesicht an.

„Ich wusste nicht wohin", sagte die Frau und die Tränen gruben Furchen in den Schmutz auf ihrem Gesicht.

Es war die Resi, ihre Freundin aus der Schulzeit. Im Arm hielt sie einen Säugling, der unruhige Laute von sich gab.

„Ich bin fortgelaufen. Ich habe es nicht mehr ausgehalten. Ich will nach München und habe kein Geld mehr. Vielleicht kannst du mir ein paar Mark leihen. Ich weiß nicht, wen ich fragen könnte, außer dich."

„Wie kommst du hierher?", wollte Anna wissen. Sie setzte sich neben ihre Freundin und legte den Arm um deren Schultern, wie sie es früher gemacht hatte, als sie noch unzertrennlich waren und keine Schwangerschaft und kein Mann sie getrennt hatten.

„Mit dem Bus", antwortete Resi. „Den Weg habe ich gestern Nacht nicht mehr gefunden und musste im Wald übernachten."

Anna nickte. „Und München?"

Resi kramte in ihrer Jackentasche. „Hier." Sie reichte Anna einen zerknitterten Brief. „Meine Tante aus München schreibt, ich kann bei ihr bleiben."

„Für eine Weile", fügte sie leise hinzu.

Anna verstand sie. Es kam ihr vor, als wenn sie selbst die Hilfe benötigte, um die Resi sie bat. Weglaufen nach München wollte die. Mit dem Säugling, Mann und die anderen beiden Kinder zurücklassend. Anna hatte kein Kind, das sie zurücklassen müsste, nur einen unnahbaren Mann und eine unfreundliche Schwiegermutter. All das ging ihr durch den Kopf und gleichzeitig hatte sie das Gefühl, dass der Zeitpunkt gekommen war, an dem das von ihr zurückgehaltene Geld, ihr Geld, nützlich sein würde.

„Ich habe Geld", sagte Anna. „Aber erst musst du hergerichtet werden, damit du wie ein Mensch aussiehst. Warte hier."

Anna ging ins Haus und legte Kleidung zurecht: Strümpfe, Kleid, eine Jacke und Tücher für das Baby. Dann füllte sie einen Eimer mit Wasser. In diesem Moment hörte sie einen Schrei vom Hof her, der sie zusammenzucken ließ. Sie stürzte hinaus und lief mit dem schwappenden Eimer über den Hof. Als sie die Stelle erreichte, wo die Resi wartete, sah sie das Unglück. Die Schwiegermutter lag rücklings auf dem Boden und rührte sich nicht.

Die Resi versuchte stotternd zu berichten, was geschehen war:

Die Alte sei gekommen und habe das Tor zur Werkstatt aufgeschlossen. In dem Augenblick habe das Baby angefangen zu weinen. Als die Alte die Resi entdeckte, sei sie wütend geworden. Sie habe gezetert und gegiftet, was die *Schiache* hier zu suchen habe. Dicht vor der Resi habe sie gestanden und die große Gartenschaufel gehoben, als ob sie zuschlagen wollte. Furchteinflößend habe sie ausgesehen, mit der erhobenen Schaufel in den Händen und den boshaften Augen. In ihrer Verzweiflung habe die Resi, auf dem Boden hockend, die Beine der Mutter gepackt und sie ihr weggezogen. Sie sei nach hinten gestürzt und mit dem Kopf aufgeschlagen.

Die Resi wurde von neuen Weinkrämpfen geschüttelt und in Annas Kopf wirbelten die Gedanken durcheinander.

Ein Stöhnen brachte Anna zurück in die Realität. Sie schaute auf die Schwiegermutter, die am Boden lag. Ihr Atem ging röchelnd und stoßweise.

Unvermittelt wusste Anna, was zu tun war. Das große Tor zur Werkstatt war geöffnet. Anna zog die Resi am Arm in die Höhe und schob sie in das Gebäude hinein. Es war das erste Mal, dass Anna die Werkstatt betrat. Oberflächlich erfasste sie, wie vollgestopft der große Raum war. Zeit, sich umzusehen, hatte sie indes nicht. Sie stellte den Wassereimer ab und sagte der Resi, dass sie sich waschen solle. In der Zwischenzeit wollte Anna die Kleider holen.

Draußen hob sie die magere Schwiegermutter auf die Arme, um sie ins Haus zu tragen. Sie war leicht und schlaff und schaute mit angstvollen Augen umher, dabei rührte sie sich mit keinem Glied. Vielleicht kann sie sich nicht bewegen, dachte Anna und war froh darüber, dass sie ihr in diesem Zustand keine Schwierigkeiten machen konnte. In der Küche legte Anna sie auf das Sofa, auf dem die Alte nachts schlief. Als die Alte versuchte zu sprechen, kam nur Unverständliches aus ihrem Mund. Anna hatte keine Zeit, sich mit ihr zu beschäftigen. Sie nahm die Kleider, die sie zurechtgelegt hatte und zusätzlich ihr Sonntagsdirndl.

Zurück in der Werkstatt stand der Eimer unberührt und keine Resi war zu sehen. Anna schaute sich um. Sie sah die Gerätschaften: einen alten Mähdrescher, verschiedene Motoren und den Traktor.

Annas Herz begann zu rasen, als sie ein Wimmern hörte, laut und deutlich. War es das Baby der Resi? Wo steckte sie?

Anna rief nach ihr. Da trat die Resi mit einem schlafenden Säugling auf dem Arm hinter dem Traktor hervor, blass und noch verstörter als bisher.

„Da ist noch eine", sagte sie, und das war das Einzige, was Anna aus ihr herausbekam. Resi zeigte mit der Hand hinüber hinter den Traktor in die Ecke.

Anna ging zu der Stelle.

Der Traktor war dicht an der Wand abgestellt. Sie musste sich in den Spalt hinein drängen und dunkel war es ebenfalls. Hinten in der Wand befand sich eine hölzerne Tür, die wie eine Schiebetür an einem Gestänge befestigt war. Sie gab den Weg frei zu einem Raum, ein paar Stufen tiefer gelegen als die Werkstatt, und mit einem Lehmboden ausgestattet. Rechts mehrere Strohballen, in der Mitte ein kleiner Tisch mit einem Stuhl. Durch eine schmale Luke dicht unter der Decke drang mattes Licht.

Im Bruchteil einer Sekunde verstand Anna alles. Die Frau mit der Dirndljacke, ihrer Dirndljacke! Sie saß an dem Tisch und blickte Anna erschrocken an. Ein kleiner Junge, der auf den Strohballen saß, kauerte sich an die Wand und drückte einen abgegriffenen Teddy an sich, als wolle er sich daran festhalten. Zögernd ging Anna auf die am Boden stehende Zinkwanne zu, in der ein Baby lag und wimmerte. Und es war nicht ihr Baby, das wusste sie. Die Laken, in die es gewickelt war, das waren die Laken aus ihrer Aussteuerkiste.

Die Kammer, es war eher ein Kabuff, grenzte links an den Stall und der schmale Lichtschacht rechts oben lag zum Wald hin. Eine Stelle, wo Anna nie hingekommen war. Die Wildwiese reicht bis an das Gebäude heran und dicht an der Gebäudemauer wuchs ein breiter Streifen mit hohen, dichten Brennnesseln. Das konnte man vom Berg kommend sehen. Während Anna darüber nachdachte, hörte sie Stimmen aus der Werkstatt. Sie schlich am Trecker vorbei und erfasste die Szene schnell: Ansgar war zurück.

An die Werkbank gelehnt stand sein Gewehr und obendrauf lagen zwei Hasen und Federvieh. Er hatte der Werkbank den Rücken zugekehrt. Langsam ging er auf die Resi zu, die vor ihm zurückwich, bis sie an den Mähdrescher stieß.

„Du Luder, was suchst du hier?" Seine Stimme klang bedrohlich. Die Resi drückte ihr Kind an die Brust, das glücklicherweise anfing zu quäken. Durch das Schreien des Säuglings hörte der Ansgar die Anna hinter seinem Rücken nicht. Mit zwei Sätzen war sie bei dem Gewehr. Sie hatte noch keines in der Hand gehalten, aber oft hatte sie gesehen, wie der Ansgar es geputzt hatte, wie er es hielt, um zu prüfen, ob Kimme und Korn in einer Linie lagen.

Kimme und Korn waren ihr in diesem Augenblick völlig egal. Ihr Ziel war groß und breit. Noch ein Schritt und sie konnte ihm das Gewehr in den Rücken stoßen.

Anna drückte ab.

Der Rückschlag ließ sie taumeln, drückte sie bis an den Werktisch. Ansgar schwang vor und zurück. Ein paar Sekunden lang fürchtete Anna, sie müsse ein zweites Mal schießen. Aber in seinem Rücken waren viele kleine Löcher und auf seiner Jacke, der grünen Filzjacke, die er bei der Jagd trug, bildeten sich dunkle Flecken.

Man sagt, dass Verletzungen mit einer Schrotflinte besonders grausam seien. Anna wünschte sich, dass es schnell ging.

Krachend schlug Ansgar auf dem Boden auf. Er röchelte und zuckte. Dann Stille!

Eine kurze Schockstarre, dann war Anna fähig zu handeln.

Sie sagte der Resi, sie solle sich um die andere Frau kümmern. Die hieß Andrea, wie sie erzählte, und sie plapperte ständig davon, dass sie nicht unter die Leute dürfte, weil sie nicht normal sei. Es brauchte viel Überredungskunst, um ihr klarzumachen, dass sie hier nicht bleiben durfte und dass die Resi und Anna auf sie aufpassen würden. Anna gab ihr die Sachen, die sie zunächst für die Resi vorgesehen hatte. Die Resi war eine große und kräftige Frau mit einem breiten Rücken. Der mageren Andi würde das Kleid besser passen.

Anna hatte eine Idee.

Im Haus holte sie Hose und Hemd von Ansgar und seine Trachtenjacke, die er zum Schützenfest trug. Dazu den grünen Filzhut. Die Sachen passten der Resi ausgezeichnet. Nur die Hose musste im Bund mit einem

Gürtel gehalten werden. Wenn sie den Hut tief ins Gesicht zog und ihre Zöpfe darunter versteckte, wirkte sie wie ein Mann. Anna trug das Sonntagsdirndl. Auch an die erlegten Hasen und das Federvieh, ein Rebhuhn, hatte Anna gedacht. Sie stopfte alles in einen alten Rucksack, den die Resi nahm.

Ein letztes Mal ging Anna zu den Kühen in den Stall. Sie umarmte ihre Lieblingskuh und sagte Lebwohl. Wenn sie morgen nicht mit der Alten auf dem Markt erscheinen würde, wird jemand auf den Hof kommen, um nach dem Rechten zu sehen. Die Kühe werden versorgt sein, beruhigte sie sich. Unter dem Stroh kramte sie die kleine Blechdose mit dem Geld hervor.

Es war Mittagszeit. Wenn sie sich beeilten, würden sie es schaffen, den Sechzehn-Uhr-Bus zu erwischen. Der Weg vom Hof hinunter zur Bundesstraße schaffte man bei gutem Wetter in zwei Stunden.

Sie kamen gut voran. Der kleine Junge musste auf der ersten steilen Wegstrecke getragen werden, vorbei an der Kuh von Annas Eltern, von der nur ein Gerippe übrig war. Ab da wusste Anna, dass sie die letzten Monate hinter sich gelassen hatte und der restliche Weg bergab in Wirklichkeit bedeutete, dass es in ihrem Leben ab nun bergauf gehen würde. Den Überresten der Kuh sagte sie ein letztes *Pfiat di*. Außer den Kühen würde sie den Hof und seine Bewohner nicht vermissen.

Sie erreichten die Haltestelle viel zu früh und verhielten sich so unauffällig wie möglich. Wenige Autos fuhren vorbei. Ein Mann mit elegantem Hut schaute aus dem Autofenster zu den drei Personen herüber. Doch was die Leute sahen, waren zwei Frauen und ein Mann. Selbst wenn einer die Anna erkennen würde, musste er denken, sie sei mit Ansgar unterwegs zu einem Fest, in Ausgehkleidung. Sie mit dem Dirndl und er mit der Trachtenjacke und dem Hut. Und die andere Frau? Sie könnte eine Bekannte sein oder eine Fremde. Die beiden Babys hatten sie der Andi mit einem Tuch umgebunden. Die drei hofften, dass kein Auto anhielt und niemand zur Haltestelle käme, der sie aus der Nähe betrachten könnte.

Die Angst fiel von ihnen ab, als der Bus hielt und sich zischend die Tür öffnete. Anna zahlte den Fahrpreis bis zur Kreisstadt und sie stiegen ein.

Anna saß am Fenster, neben ihr lehnte sich die Resi tief in den Sitz. Der Bus schlängelte sich durch die schmalen, gewundenen Straßen von Thalwang, den Ort, den Anna wünschte, zum letzten Mal zu sehen. Wie im Zeitlupentempo zogen die Fachwerkhäuser, der Marktplatz und die kleine Kirche vorbei.

Neben dem Wirtshaus trat ein Mann aus der Haustür. Es war der Alois Huber. Er schaute auf, er schaute in den Bus hinein, er schaute der Anna direkt ins Gesicht und in die Augen. An seinem Blick sah sie, dass er sie erkannt hatte. Sie konnte ihn nicht ignorieren, das wäre verdächtig. Hoffentlich hielt er die Person mit dem Hut im Gesicht neben Anna für Ansgar.

Anna hob die Hand zum Gruß.

Dann fuhren sie am Huber Alois vorbei und aus dem Ort hinaus.

MAD HOUSE

„My home is my castle."

An diesen englischen Ausspruch musste ich denken, als ich vor dem Haus stand, das besser in eine englische Grafschaft im 19. Jahrhundert gepasst hätte als mitten in eine deutschen Großstadt knapp zweihundert Jahre später. Der turmähnliche Aufbau im Dachgeschoss, die stark untergliederte Fassade und die schwere doppelflügelige Eichentür verliehen dem Gebäude die Anmutung eines kleinen Schlosses. Insgesamt wirkte es jedoch vernachlässigt und renovierungsbedürftig.

Das Haus stand abseits der belebten Plätze in einer stillen Seitenstraße gegenüber einem mit alten Bäumen bestandenen Park und gleichzeitig nicht weit von der Universität entfernt.

Ich nahm die Wohnung.

In der ersten Woche lernte ich fast die gesamte Hausgemeinschaft kennen. Es war ein warmes Wochenende im April und hinter dem Haus fand ein Gartenfest statt.

Der älteste Bewohner war ein schrulliger Professor mit weißen Haaren, die wirr von seinem Kopf abstanden. Ebenso wirr schienen die Gedanken in seinem Kopf, denn er lief auf wackeligen Beinen von einem zum anderen und faselte Unverständliches über drohende Gefahren, dunkle Gestalten, und dass wir alle uns in Acht nehmen müssten. Mir schleuderte er mehrmals ein „Mein Kind, sei gewarnt!" entgegen, was ich mit stillem Kopfnicken erwiderte. Ich hatte keine Ahnung, wovor er mich warnen wollte.

Neben seiner Wohnung im Souterrain hauste sein Assistent Alfred. Ein schüchterner Mann um die dreißig. Seine neugierigen Blicke, mit denen er mich verfolgte, ärgerten mich vom ersten Tag an.

Im Parterre wohnte ein übergewichtiger, nach Schweiß und Knoblauch riechender Gastwirt mit seiner unscheinbaren Tochter im vorpubertären Alter. Das Mädchen hieß Sarah. Sie war zu klein geraten und versteckte sich hinter dem massigen Körper seines Vaters. Sie sprach nicht und lächelte nur auf eine verstörende Weise.

Im ersten Stock wohnte eine Gruppe feierwütiger Studenten in einer Wohngemeinschaft, mit denen ich an diesem Abend kein einziges ernsthaftes Wort wechselte. Es war unmöglich herausfinden, wie viele es waren, denn sie sahen sich alle so ähnlich, als ob sie Brüder wären. Und ihre Namen habe ich mir nie gemerkt.

Der einzige nicht Anwesende an diesem Abend, war der Mann, der im Dachgeschoss in der Wohnung neben meiner lebte, und zu dessen Wohnung der Turm auf dem Dach gehören musste.

Weil ich diesem Mann, obwohl ich Tür an Tür mit ihm wohnte, anfangs nie begegnete, fand ich ihn interessant. Dass die anderen im Hause Bemerkungen über ihn machten, die von „zurückgezogen" bis „sonderbar" reichten und ihn als Irren oder Spinner bezeichneten, nährte meine Neugier zusätzlich.

Der Professor nannte ihn gar „lichtscheues Gesindel" und „Wurzel allen Übels". Jedes Mal, wenn ich mit dem Professor sprach, beschwor er ein diffuses drohendes Unheil herauf, das über uns alle komme, und er versprach, dass er das Böse bekämpfen werde, um uns zu retten … und so weiter.

Ich mochte dem Weltuntergangsgerede nicht zuhören, und dass er den armen Mann, den niemand zu kennen schien, als „Gesindel" und „Übel" bezeichnete, grenzte an Mobbing. Ich konnte Ungerechtigkeit und Vorurteile nicht ausstehen.

Den ganzen Sommer über bemühte ich mich, meinen Nachbarn kennenzulernen. Täglich klingelte ich an seiner Tür. Er öffnete nie und ich muss sagen: Dass es schwierig war, mit ihm in Kontakt zu treten, erhöhte die Spannung enorm. Nachts vernahm ich Geräusche aus der Wohnung: Ich hörte ihn hin und her laufen, Türen schließen, Wasser rauschen, Gesang. Wenn ich über den Flur zu seiner Tür ging und klingelte oder klopfte, blieb es still im Innern, als sei er ausgegangen. Allerdings hörte ich nie, wenn er die Wohnung verließ und vor allem sah ich ihn nie. Vielleicht ist er ein Frühaufsteher und geht zu einer Zeit aus dem Haus, wenn ich noch in den Federn liege, dachte ich anfangs. Andererseits war er nachts aktiv und kam erst zur Ruhe, wenn im Park die ersten Vögel ihre Liedchen zwitscherten.

Ich wunderte mich über mich selbst. Wie hätte ich erklären können, warum ich versuchte, den Tagesrhythmus eines Unbekannten zu entschlüsseln?

Manchmal ist es das Außergewöhnliche, das einen fasziniert. Und nicht der Gegensatz, der einen anzieht, wie es eine alte Redewendung behauptet. Vielmehr ist es eine gemeinsame verborgene Leidenschaft, eine Eigenart, die der andere auslebt, und die man bei sich selbst noch nicht entdeckt hat. Und es sind Vibrationen, unsichtbare Schwingungen, die physische Hindernisse durchdringen, um von der Person wahrgenommen zu werden, welche die entsprechenden Sensoren hat.

Der Sommer verlief ereignislos, nur der Gesang in der Wohnung nebenan veränderte sich leicht. Er wurde auf eine nicht fassbare Weise eindringlicher, bewegender.

Ein Ereignis allerdings unterbrach den Gleichlauf dieser Tage:

Ich kam mit einem Einkaufskorb vom Supermarkt zurück und stand vor meiner Wohnungstür, als drinnen das Telefon klingelte. Ich lief hinein, um abzuheben. Den Korb ließ ich vor der Tür stehen. Erst nach dem letzten Spätfilm im Fernsehen dachte ich daran, ihn hereinzuholen. Ich packte die Einkäufe aus. Es war alles da, bis auf die Zahnpasta. Ich inspizierte den Kassenbon und sah, dass ich sie gekauft hatte. Es war denkbar, dass sie im Einkaufswagen liegengeblieben war. Den Gedanken, dass mir jemand im Hause etwas geklaut haben könnte, wollte ich keinesfalls zulassen. Das war zu einer Zeit, als ich noch an das Gute im Menschen glaubte, deshalb hatte ich diese kleine Episode schnell vergessen.

Als der Herbst nahte, die Tage kürzer und die Nächte länger wurden, begegnete mir mein bislang unsichtbar gebliebener Nachbar zum ersten Mal. Als ich den dunklen Hausflur betrat und das Licht anknipste, sah ich ihn auf der Treppe. Er zuckte zusammen und hielt den Arm vor die Augen, als müsse er sie vor Licht schützen, als blende ihn die funzelige Treppenhausbeleuchtung.

Ein dünner, großer Mann. Durch seine gebückte Haltung und den langsamen Gang wirkte er alt und gebrechlich. Von hinten hätte ich ihn auf achtzig, vielleicht sogar hundert geschätzt, doch als ich ihn ansprach und er sich kurz umdrehte, sah ich, dass er viel jünger, gerade mal halb so alt, sein musste. Sein Gesicht wirkte blass und die Augen waren von dunklen Ringen beschattet. Man hätte ihn für krank halten können, hätte sein Gesichtsausdruck nicht so stolz und edel gewirkt. Gerade diese Diskrepanz zwischen einer schweren Last, die auf seinen Schultern zu liegen schien, und der Erhabenheit und Würde eines aus der Zeit gefallenen Adeligen, war es, die mich in meinem Innersten berührte.

„Brauchen Sie Hilfe? Kann ich für Sie einkaufen gehen?", rief ich ihm nach. Ein leises Murmeln kam aus seiner Richtung, das war alles und er ging weiter nach oben, in sein Turmzimmer, wo er wie jede Nacht seine traurigen Gesänge anstimmte.

Als ich am nächsten Vormittag zu einer Vorlesung an der Uni musste, lag auf meiner Fußmatte ein Zettel. Er war in einer merkwürdig alten Schrift geschrieben, die aussah, als hätte er einen Federkiel benutzt. Ich musste mich anstrengen, alles zu entziffern. Es war sein Einkaufszettel.

Ich las die Liste aufmerksam durch. Sie enthielt weder Obst noch Gemüse, was seinen blassen vitaminmangelhaften Zustand erklären würde. Er wünschte Leber und Blutwurst, Lebensmittel, die in meinem Speiseplan nicht vorkamen. Ich aß zu dieser Zeit kein Fleisch. Außerdem benötigte er mehrere Päckchen Haushaltskerzen und – über diese Position wunderte ich mich am meisten – zwanzig Tuben Zahnpasta. Zwanzig! Was um alles in der Welt will er damit?, fragte ich mich.

Jedoch … ich fragte nicht lange. Ich lebte in einem Haus voller verrückter Menschen, das war mir längst klar. Für die anderen Bewohner im Hause hatte ich bereits die sonderbarsten Besorgungen erledigt.

Der Professor bat mich vor Wochen, eine Liste der hiesigen Bestatter aus dem Internet auszudrucken. Er brauchte sie für seine Arbeit, sagte er. Es ging um eine Zählung, eine Liste über die Häufung von Todesfällen in verschiedenen Stadtgebieten. Ich vermied Fragen, sie hätten nur zu den bekannten dubiosen Katastrophen-Warnungen geführt.

An einem Wochenende fragte Alfred mich, ob ich ihn mit meinem Auto zum Baumarkt fahren könne. Er benötigte zehn Zentimeter lange Holznägel und Teppichleisten.

Für den Gastwirt brachte ich jeden Samstag Knoblauch vom Markt. Er sollte ganz frisch sein, das war ihm wichtig.

Einmal, als ich ihm das Gewünschte brachte, saß seine tumbe Tochter am Küchentisch und legte mit einem schwachsinnigen Lächeln schmale Holzleisten kreuzweise übereinander und fixierte sie mit Bast. Ich machte mir natürlich meine Gedanken, sowohl über den Knoblauch – der Alte stank erbärmlich –, aber auch über die Tochter, deren merkwürdig einfältige Beschäftigung dem Vater nicht aufzufallen schien.

Und mein unmittelbarer Nachbar war ein Zahnpasta-Fan! Geradeso wie die zwillingsähnlichen Studenten in der Wohngemeinschaft unter mir, die jeden Tag Päckchen von einem Zahnpflegemittel-Hersteller erhielten. Wie ich hörte, studierten sie Zahnmedizin, was einiges erklären würde.

Das hatte mir der Professor flüsternd und geheimniskrämerisch erzählt. Er klang äußerst besorgt wegen dieser Obsession, wie er es nannte.

Nach einigen Monaten hatte ich das Gefühl, dass alle im Haus durchdrehten.

Alfred lief abends mit einem dicken Holzhammer durch den dunklen Hausflur. Begegnete ich ihm, starrte er mich hingebungsvoll an, um im nächsten Moment die Augen niederzuschlagen. Es war eine Mischung aus Bewunderung, Respekt und Furcht, die er mir entgegenbrachte.

Der Professor kam mir jeden Morgen mit der neuesten Zeitung entgegen und las mir ungefragt die Schlagzeilen vor: „Jugendlicher von Bahn überrollt"; „Mann stürzt von Colonius"; „Frau erstochen, Ehemann nicht auffindbar".

Dabei schleuderte er mir sein „Sei gewarnt!" entgegen, als wolle er mich vor dem Unbill des Lebens schützen.

Den fetten Gastwirt sah ich mit einer Knolle Knoblauch im Garten. Er biss hinein, als handele es sich um einen Apfel. An seiner Tür hing neuerdings ein Kranz von Knoblauch, so wie andere einen Blumenkranz als Dekoration verwenden. Und seine Tochter hatte sich binnen Wochen zu einer Schönheit gemausert. Sie war gewachsen und ihr Gesicht hatte das Kindliche und Dümmliche verloren. Das Einzige, was das ebenmäßige Bild an ihr störte, waren die zu großen Zähne. Es kam mir vor, als seien sie, um ihrem Längenwachstum nicht nachzustehen, ebenfalls gewachsen. Sie sprach immer noch nicht, hatte ihr Lächeln jedoch nicht verloren. Gerade das wirkte wegen der übergroßen Zähne verzerrt und wie eine Karikatur.

Die Wohngemeinschaft unter mir feierte jede Nacht von Einbruch der Dunkelheit bis in die frühen Morgenstunden. Ich hörte ihr Lachen, Kreischen und Johlen bis zu mir herauf. Als ich eines Tages bei ihnen klingelte, weil ich ein Päckchen von Blend-a-med angenommen hatte, öffnete ein Typ in Frack und Zylinder. Als er mich sah, bot er mir einen Cocktail an: „Roter Saft mit Schuss", wie er ihn nannte. In seiner Hand hielt er ein schwarzes Glas, in dem ich eine rote Flüssigkeit ausmachte. Ich lehnte ab. Mir war beim Anblick der Deko der Appetit vergangen. In dem Glas steckte neben zwei Trinkhalmen eine Zahnbürste mit dem Bürstenteil nach oben und auf dem Rand war ein Gebiss dekoriert. Dabei lächelte er mich mit rot-verschmierten Zähnen an. Der Schuss in dem Saft musste es in sich haben, er schwankte erheblich. In den schummrigen Räumen hinter ihm sah ich auf mannshohen Armleuchtern Kerzen flackern. Ihr Licht erzeugte Schatten und Schemen, die ich als dunkle

Körper wahrnahm, die miteinander verknäuelt schienen.

Ich drücke ihm das Blend-a-med-Päckchen in die Hand und flüchtete in meine Wohnung. Solcherart Feier war nicht mein Ding.

Zurück in meiner Wohnung warf ich mich aufs Bett und lauschte dem Gesang des Mannes nebenan. Der Klang seiner Stimme war sehnsuchtsvoll und eindringlich. Ich genoss die Schauer, die mir seine Stimme über die Haut trieb.

Tage und Wochen vergingen. Dreimal wöchentlich erledigte ich Einkäufe für den Nachbarn. Seine Wünsche variierten kaum. Er bestellte Leber und Kerzen und Zahncreme in großen Mengen. Den Korb mit den gewünschten Sachen stellte ich vor seine Tür. Einmal, es war spät geworden, als ich nach Hause kam und da das Flurlicht auf meiner Etage defekt war, kratzte ich mit meinem Schlüssel am Holz der Tür, weil ich in der Dunkelheit das Schlüsselloch nicht gleich fand. Da öffnete sich leise seine Tür. Nur einen Spalt. Und er fragte mich flüsternd, ob ich ihm einen Zahnarzt nennen könne. Ich sagte ihm, dass mein Zahnarzt einer der besten in der Stadt sei. Und als es mir gelungen war, den Schlüssel zu platzieren und die Tür zu öffnen, ging ich in meine Wohnung, um den Namen und die Telefonnummer aufzuschreiben. Als ich zurückkam, hatte er den Einkaufskorb geleert und den leeren Korb auf der Fußmatte stehen lassen. Ich legte das Blatt mit der Adresse des Zahnarztes in den Korb. Am nächsten Tag sah ich, dass er den Zettel entnommen hatte.

Drei Tage später kam mir morgens der Professor auf der Straße entgegen. Bereits von Weitem fuchtelte er wild mit seiner Gassenhauer-Zeitung herum. Als er mich erreicht hatte, hielt er mir das Titelbild dicht vor die Nase.

„Ich habe es gewusst, ich habe es gewusst!", rief der Professor ohne Unterlass.

Ich nahm die Zeitung in die Hand, und mit mehr Abstand konnte ich außer den blauen Augen das strahlende Zahnpasta-Lächeln eines gut aussehenden Mannes wahrnehmen. Was mir einen Schock bereitete, war, dass ich diesen Mann kannte.

Die Headline: Zahnarzt mit zwei Stichen in den Hals getötet – Tatwaffe unbekannt.

Von dem Tag an ging ich nicht mehr zur Uni. Nachts lauschte ich den Gesängen meines dunklen Nachbarn, die meiste Zeit des Tages verschlief ich. Die Einkäufe erledigte ich weiterhin, allerdings stellte ich meinen eigenen Speiseplan um. Ich wusste zuvor nicht, wie gut Leber schmeckt, besonders, wenn man sie roh verzehrt. Nur die Zähne brauchen bei dieser Kost mehr Pflege. Ich kaufte die doppelte Menge an Zahnpasta.

Eines Nachts kam ich spät von einem Amphi-Fest zurück. Ich hatte ein schwarzes Mittelalterkleid mit Nieten, Lederbändern und anderen Steampunk-Accessoires kombiniert. Meine Haare trug ich seit einigen Wochen in einem modischen Granny-Style gefärbt. Ich fühlte mich in meinem neuen Outfit großartig und überlegen. Deshalb lächelte ich ironisch, als mir Alfred mit seinem Holzhammer und einem langen Nagel bewaffnet im

Hausflur begegnete und erschrocken vor mir zurückwich, als ich an ihm vorbeirauschte. Ich stieg die Treppe hinauf. Auf der obersten Stufe blieb ich stehen und schaute über die Schulter zu ihm hinunter. „Willst du mir einen Keil in den Leib rammen?", fragte ich ihn und setzte mein bösestes Lächeln auf. Mit der Frage hatte er nicht gerechnet. Er stand am unteren Treppenabsatz, zitterte am ganzen Leib und die Hand mit dem Holzhammer hing kraftlos an ihm herunter.

Und ich? Ich weidete mich an seiner Angst!

Minuten später lag ich in meinem raschelnden Kleid auf dem Bett. Die enge Korsage schnürte mir die Luft ab. Aber was mir mehr den Atem nahm, waren die Töne, die durch die Wand aus der Nachbarwohnung drangen. Die Luftnot erzeugte eine merkwürdige Spannung. Mein Herz raste wie wild und mich ergriff eine unbekannte Sehnsucht, hervorgerufen durch das Timbre in der Stimme, die, wie mir schien, nach mir rief.

Bis ich es nicht mehr aushielt. Ich ging über den dunklen Hausflur und klingelte. Und er öffnete. Seine dunkle Gestalt verschmolz mit dem Dunkel im Innern der Wohnung. Nur sein schmales aristokratisches Gesicht trat blass hervor. Ich war unfähig zu sprechen, was auch nicht nötig war, denn er zog die Tür weiter auf und mit einer großzügigen Armbewegung winkte er mich hinein.

Zum ersten Mal blickte ich in das Turmzimmer. Und war erstaunt, dass es von innen viel größer aussah, als ich es mir bisher vorgestellt hatte. Wie eine Halle wirkte es. Die bogenförmigen Fenster mit den Butzenscheiben erstreckten sich über die gesamte Rundung. Der volle

Mond warf matte Silberstreifen in den Raum, der ansonsten von den vielen flatternden Kerzen auf den Kandelabern beleuchtet wurde. In der Mitte stand eine Kiste aus schwarz glänzendem Holz, ausgeschlagen mit lilienweißen Satinkissen.

Als ich das Bild in mir aufgenommen hatte, spürte ich seinen Blick auf mir und drehte mich um. Seine Augen bannten mich, fesselten mich, ließen mich nicht los.

Dann tat ich, was alle Frauen in einer solchen Situation tun. Ich warf die Haare zurück und gab den Blick auf meinen Hals frei.

Als er sich zu mir herunterbeugte, sah ich seine strahlend weißen Zähne auf mich zukommen, unausweichlich, schicksalhaft. Ich konnte nicht anders, als mich hinzugeben und ich wusste, ich war verloren. Was ich erlebte, war eine Explosion von Gefühlen, eine jahrhundertealte Sehnsucht, eine Leidenschaft, die mich frösteln ließ, und gleich darauf eine Glut in mir entzündete.

Es war die Nacht der Nächte, die mein Leben endgültig veränderte, die mein Leben beendete und mich gleichzeitig unsterblich machte, alles zur gleichen Zeit.

Ich war bereit.

Ich gab mein Blut für ihn.

Von diesem Tag an war ich eine andere. Und ich trachtete danach, meine eigene Sehnsucht zu stillen und meine Verführungskünste zu erproben.

Alfred war ein leichtes Spiel. Eine Zwischenmahlzeit. Ein Snack zwischen Mitternachtssuppe und Frühstückshäppchen. Ich glaube, er hat es genossen.

Nun lief der Professor mit Alfreds Holzhammer im Haus herum. Er nagelte überall die von der Gastwirts-Tochter gebastelten Holzkreuze an die Wände. Auch im Garten, am Gerätehäuschen und an den Bäumen hingen sie. Sarah sammelte sie mit irrem Lächeln wieder ein und zerbrach sie. Sie war bei den Studenten eingezogen, weil ihr Vater sie nicht mehr in die Wohnung ließ.

Die Holzkreuze hätten mich nicht gestört. Ich betrat den Hausflur nur bei Nacht und verzichtete auf die Beleuchtung.

Der Professor war untröstlich und rief tausend Verwünschungen aus. Er beklagte sich lautstark über die Ungerechtigkeit, dass er sein Tun ausgerechnet gegen Alfred richten musste. Der unschuldige, arme Alfred ... bla, bla, bla. Wenn der wüsste, dachte ich. Wer im Leben ist schon unschuldig?

Über sein Gerede von dem ihm widerfahrenen Unrecht konnte ich nur den Kopf schütteln. Was sollte das Gejammer? Gerechtigkeit ist etwas für Unwissende. Es gibt keine Gerechtigkeit ohne Ungerechtigkeit. Was des einen Gerechtigkeit, ist des anderen Ungerechtigkeit. Letzten Endes muss jeder seine eigene Wahrheit finden.

Ich hatte meine Bestimmung gefunden. Ich räumte meine Wohnung leer. Im Internet bestellte ich mir einen Sarg. Weißer Schleiflack mit schwarzen Beschlägen und blutroter Innenausstattung. Ich fand, das passte hervorragend zu meinem weißen Haar.

Mein Nachbar in seinem Turmzimmer sang jede Nacht mit lockender Stimme seine Sehnsuchtslieder. Aber er sang nicht mehr für mich.

Auch ich sang in der Nacht und ich hoffte, dass es jemanden geben würde, der mich hörte. Alfreds Wohnung war frei geworden, die Studenten suchten neue Mitbewohner und ich konnte sicher sein, dass bald neue Menschen in unser Haus einziehen würden. Dann wird es geschehen. Einer wird meinem Gesang folgen und in einer dunklen Nacht vor meiner Tür stehen. Die defekte Birne im Treppenhaus habe ich nie ausgetauscht. Ich werde ihm Zugang zu meiner Gruft gewähren. Ich werde ihn unsterblich machen und ihm zeigen, was Liebe ist. Blut und Liebe. Die ewige Liebe. Das unsterbliche Leben.

UNTERMIETER

Wir waren eine glückliche Familie. Meine Frau Margarete, die ich zärtlich Magi nannte, unsere beiden Kinder, der Familienhund Bello und ich. Meerschweinchen, Hamster und Wellensittiche ergänzten zeitweise unseren Familienverbund.

Lena, unsere Tochter mit ihrem freundlichen Wesen und ihrer Liebe für alle Geschöpfe, brachte als kleines Kind Regenwürmer in einer Tupperdose mit Erde nach Hause, um sie gesundzupflegen. Später waren es kranke Vögel, verhungerte Igel und ein angefahrenes Eichhörnchen, denen sie ihre Betreuung zukommen ließ. Sie hatte diese soziale Ader, Fürsorglichkeit steckte ihr in den Genen und sie konnte sich in jedes Lebewesen hineinversetzen. Gelegentlich dachte ich darüber nach, ob sie mit ihren empathischen Fähigkeiten nicht zu weit ginge. Alles in allem war sie ein fröhlicher und zufriedener Mensch. Das machte mich glücklich.

Lukas, unser Sohn, war ein cleverer und umtriebiger Junge, zwei Jahre älter als Lena. Mit vier Jahren eröffnete er auf dem Bürgersteig vor unserem Haus seinen eigenen Flohmarkt. Unter den Angeboten befanden sich Dinge, die Lena, Magi oder mir gehörten. Später, in der Schule, war er begeisterter Tauschgeschäftspartner. Ständig vergrößerte er sein „Warenlager" und er schaffte es, das eine oder andere Teil gegen Geld zu tauschen, sodass er bald ein eigenes Sparkonto eröffnen konnte. Was ihn störte, war, dass ein Sparkonto für einen Minderjährigen die Verfügungsberechtigung der Eltern benötigte. Selbst diesen Umstand nutzte er zu seinem Vorteil. Bei jeder seiner Einzahlungen verlangte er von uns, die krummen Beträge auf den vollen Zehner aufzustocken. Später ging es um runde Hunderter. Wollten wir das nicht einsehen, waren seine Argumentationen so verschroben wie überwältigend, dass wir uns nicht entziehen konnten. Er war redegewandt, konnte überzeugen und erreichte, was er wollte. Sein Berufswunsch war Banker, Immobilienhändler oder Börsenmakler. Eine Tätigkeit, bei der man „viel Geld verdient, ohne viel zu tun", wie er zu sagen pflegte.

Obwohl ich mich oft von ihm überrumpelt fühlte, war ich stolz auf ihn. Er würde es weit bringen, das wusste ich.

Auf dem Höhepunkt unseres familiären Glücks kauften wir ein Einfamilienhaus. Es war am östlichen Stadtrand gelegen, in einer neu angelegten Straße neben einem kleinen Altviertel. Hinter den Häusern erstreckten sich Wiesen und Felder und in der Ferne lag ein Bauernhof, dahinter Wald. Eine ganze Straße identischer Häuser, eines genauso wie das andere, mit Garten hinter dem Haus, Vorgarten und Garage.

Wir zogen ein. Mit Kindern und Hund. Bald teilten wir unser Heim mit mehreren Katzen aus dem Tierheim, verlassenen Kaninchen, Hamstern, Meerschweinchen und Kanarienvögeln und unsere Kinder wurden älter.

Sie waren fünfzehn und siebzehn, als wir neben Hunden, Katzen und anderen Tieren weitere Gäste im Hause aufnahmen und Lukas sein Start-up gründete. Aber dazu später.

Ich hatte eine Beförderung erhalten und Magi arbeitete von zu Hause aus als Übersetzerin, um die Familienkasse aufzufüllen. Der Grund dafür, dass wir uns dieses Haus leisten konnten, lag nicht darin, dass wir beide gut verdienten oder eine Erbschaft gemacht hätten. Nein, der Grund lag darin, dass die Preise dieser Häuser niedrig waren, weil wenige Hundert Meter von unserer idyllischen Einfamilienhausstraße vier hässliche und heruntergekommene Wohntürme aus den Siebzigern in den Himmel stiegen, und dass in diesen Wohntürmen ein gewisses Klientel wohnte, von dem sich die Menschen, die in der Stadt lebten, lieber distanzierten. Der eine oder andere unserer Freunde verzog das Gesicht, wenn wir den Namen des Stadtteils nannten, in dem wir unser neues Zuhause gefunden hatten.

Wir hingegen, abseits der Türme und umgeben von ähnlichen Familien wie wir, merkten nichts davon. Wir begaben uns nie in ihre Nähe. Als neben den Türmen ein Supermarkt eröffnete, kauften wir unsere Lebensmittel weiterhin in der Stadt.

Fuhren wir auf unserem Weg in die Stadt mit dem Auto an den Türmen vorbei, erschauderten wir, wenn wir mitbekamen, wie Mieter aus dem zwanzigsten Stock ihre Mülltüten aus dem Fenster warfen. Wir schüttelten den Kopf, wenn wir in der Zeitung von Messerstechereien oder Drogendealern lasen. Und wir schauten in eine andere Richtung, wenn Bewohner der Türme in

Schlabberhosen und Muskelshirts die Straße querten. Wir fühlten uns fern von alledem und hatten damit nichts zu tun.

Gelegentlich, wenn die Sonne eine bestimmte Ausrichtung gegen Westen hatte, warfen die Türme ihre Schatten auf unsere friedliche Straße mit den sauberen und ordentlich geparkten Autos vor den Garagen, den gepflegten Vorgärten und den Kinderspielgeräten hinter dem Haus.

Bei dem, was man von den Wohnblocks hörte, durfte man sich nicht wundern, dass dieses Unglück geschah. Die Leute spekulierten viel, was passiert sein könnte. Mit einer brennenden Zigarette eingeschlafen oder bekifft und zugedröhnt mit Drogen auf dem Balkon gegrillt – irgendetwas in dieser Richtung musste es gewesen sein.

Die Türme standen in Flammen. Alle vier. Nicht direkt gleichzeitig, sondern erst einer, dann der zweite, der dritte und schließlich der vierte. Wie Adventskerzen scherzte ich passend zur Jahreszeit. Magi war entrüstet, dass ich über ein Unglück noch Witze machen konnte. Und rückblickend verstehe ich ihre Empörung. Ein Unglück kommt selten allein, heißt ein Sprichwort und dem muss ich heute nach meinen Erfahrungen zustimmen.

Das Feuer war von einem Hochhaus auf das andere übergesprungen, bevor die Feuerwehr kam. Die taten, was sie konnten, doch die Türme fielen einer nach dem anderen in sich zusammen. Man hätte sich darüber freuen können, dass diese Ausgeburten der Geschmacksverirrung früherer Jahrzehnte endlich verschwunden waren und unserer kleinen, friedlichen Einfamilienhaussiedlung mit Spielstraße die Abendsonne nicht mehr nehmen konnten. Dieser Vorteil ging jedoch damit einher, dass circa dreitausend Menschen ihr Obdach verloren hatten. Froh, dass dieses Unglück nicht uns getroffen hatte, lebten wir unser gewohntes Leben weiter.

Aber nicht mehr lange.

Eines Tages stand Jugo vor der Tür. Er war in Begleitung meiner Tochter Lena, die uns erklärte, warum Jugo ab sofort bei uns Aufnahme finden müsse. Der Vater sei bei dem Brand ums Leben gekommen, die Mutter verschollen. Jugo, der unverschämt grinsend neben ihr stand, sei Waise und auf sich alleine gestellt. Diesen Umstand könne man nicht ignorieren, nein, man müsse helfen, das sei Menschenpflicht. Die traurige Geschichte von Jugo wurde tagelang ausgebreitet, zerlegt, gewendet, neu erzählt und ausgeschmückt. Wir alle nickten bedauernd, schüttelten den Kopf über Jugos Schicksal und wir waren bereit zu helfen, wo es ging. Es flossen Tränen ob des bedauerlichen Zustandes von Jugo. Dieser stand wortlos da und grinste. Der Einzige, der einen Schritt weiter dachte, war Lukas. Er sprach davon, ein Asylum für die Opfer des Brandes zu errichten. Wie und wo, das wusste er noch nicht, aber da könnten ja die anderen ihre Ideen beisteuern, meinte er.

Jugo grinste, nickte und blieb wortlos. Wir fragten uns, ob er möglicherweise der Sprache nicht mächtig sei, taubstumm oder Ähnliches. Bei genauem Hinsehen schien es, als verstünde er genug, um klarzumachen, was er brauchte. Magi bediente ihn. In großer Sorge, dass er unser übliches Essen nicht mochte, schleppte sie Fleisch, Gemüse und Obst aus dem Supermarkt nach Hause, um es Jugo zu präsentieren. Er wählte sorgfältig aus. Zeigte mit dem Finger auf dieses oder jenes, schüttelte bedauernd den Kopf, um damit Magi in neue Schwierigkeiten zu bringen. Umgehend fuhr sie zum Supermarkt, um andere Lebensmittel zu kaufen, getrieben von dem Wunsch, das Richtige für Jugo zu besorgen. Lena beschäftigte sich Tag für Tag mit Jugo. Lukas besorgte Jugo neue Kleidung. Er schaffte es, das Richtige zu finden. Für Lukas war es leichter, Jugos Geschmack zu treffen, da sie ungefähr gleich alt sein mussten. Die Kleidungsstücke, die Lukas anschleppte, entsprachen der gängigen Mode der Jugendlichen aus besserem Hause und waren Markenklamotten.

Erst später erfuhren wir, dass Lukas die Sachen einkaufte und mit Aufschlag an Jugo verkaufte. Woher Jugo das Geld hatte, war uns schleierhaft.

Jugo blieb stumm, grinste und nickte.

Natürlich stellten wir uns die Frage, wo Jugo herkam, auf welchem Stockwerk des den Flammen anheimgefallenen Hochhauses er gewohnt hatte, wie sein voller Name war, ob er sprechen konnte oder zur Schule gegangen war und so weiter. Wir konnten das Mysterium nicht lösen. Jugo verriet uns nichts.

Lena sagte, man müsse ihm Zeit geben, alles zu verdauen, schließlich war der Brand ein traumatisches Erlebnis und Jugo tief verstört. Die anderen Familienmitglieder nickten verständnisvoll, niemand wollte kaltherzig sein. Jugo wurde weiterhin verwöhnt und die Familie musste bald nach neuen Lösungen suchen.

Nach einigen Wochen bekam Jugo Besuch. Laut Lena handelte es sich um Jugos Bruder Dugo und eine Schwester namens Bini.

Dugo wurde im Gästezimmer einquartiert, wo Jugo bereits wohnte und Bini in Magis Büro. Alle drei wurden mit der bei uns üblichen Höflichkeit behandelt und versorgt. Niemand aus unserer Familie wagte zu protestieren, als die drei Gäste begannen, freitags und samstags Discoabende zu veranstalten. Lenas Stereoanlage wurde in das Gästezimmer verlegt und der Lautstärkeregler bis zum Anschlag aufgedreht, sodass die Boxen waberten. Viele fremde Menschen kamen ins Haus. Als das Gästezimmer zu klein wurde, verlegten Jugo und Dugo die Disco ins Wohnzimmer. Alle Teppiche, Kleinmöbel und Blumen mussten weichen, und es wurde getanzt bis zum frühen Morgen.

Als ich wegen des Lärms nicht schlafen konnte, wollte ich das Treiben unterbinden. Lena wies mich zurecht. Sie sagte, es handele sich bei allen Disco-Gästen um ehemalige Bewohner der Hochhäuser, die den Brand mit schweren traumatischen Störungen überlebt hätten und für die das Tanzen zu lauter Musik eine wichtige Therapie sei.

Magi meinte, die Veranstaltungen fänden nur am Wochenende statt und das könne man für diese armen Menschen in Kauf nehmen. Wochentags stünde uns das Wohnzimmer weiterhin zur Verfügung, allerdings ohne Teppich und ohne Kleinmöbel.

Hin und wieder blieb der eine oder andere Discobesucher länger als bis zum nächsten Morgen. Nach einiger Zeit verschwanden sie überhaupt nicht mehr.

Rugo und Lugo waren Vater und Onkel von Jugo. Wann sie ins Haus eingezogen waren, hatte ich nicht mitbekommen. Sie brachten ihre Frauen und ein paar Kinder mit.

Magi, Lukas, Lena und ich beratschlagten, was zu tun sei. Während ich der Meinung war, dass wir keine weiteren Menschen in unserem Hause aufnehmen sollten, hatten Lena und Lukas einen Belegungsplan für die Räume gemacht. Sie hatten großzügig ihre eigenen Zimmer abgegeben. Magi und ich sollten unser Schlafzimmer zur Verfügung stellen. Wir würden nach Lenas Vorstellung zukünftig auf dem Dachboden wohnen. Lukas hatte Sonnenliegen aus dem Baumarkt für uns besorgt, die wir unter dem Dach aufstellten. Er legte mir die Quittung vor und bat mich, ihm die Kosten zuzüglich eines Aufschlags von vierzig Prozent zu erstatten. Der Aufschlag war für die Deckung seiner Kosten, die bei der Beschaffung angefallen waren. Meine Einwendung, dass er dazu mein Auto benutzt hatte, ließ er nicht gelten. Unsere alten Liegen, auf denen wir uns im Sommer im Garten geaalt hatten, waren an Gäste verteilt worden.

Ich wehrte mich gegen diese Regelung, konnte mich jedoch nicht durchsetzen.

Wir nahmen unsere Habseligkeiten mit nach oben auf das nicht ausgebaute Dachgeschoss und versuchten, uns dort einzurichten.

Als ich am nächsten Morgen an unserem Wohnzimmer vorbeiging, sah ich, dass die Kinder ein Lagerfeuer entzündet hatten und an langen Spießen etwas brieten, das aussah wie unsere drei Hamster. Schnell lief ich in Lenas ehemaliges Zimmer. Der Hamsterkäfig war leer, dafür lebten in dem Zimmer an die dreißig Menschen, die mich vorwurfsvoll ansahen, als ich eintrat.

Ich zog mich schnell zurück. Ohnehin musste ich zur Arbeit. Frühstück gab es nicht mehr, weil ein Teil der Gäste die Küche beschlagnahmt hatte. Immerhin kochten die meisten Mitbewohner ihre Mahlzeiten selbst. Ob Magi noch für Jugo und Dugo kochte, wusste ich nicht, weil ich zu diesem Zeitpunkt regelmäßig Überstunden machte, um erst spät abends nach Hause zu kommen. Im Büro fühlte ich mich wohler. Da passte es, dass Lukas mich zunehmend drängte, mehr Geld zu verdienen, was bedeutete, mehr Überstunden zu machen. Das Geld wurde für die gigantisch gewachsenen Haushaltskosten benötigt.

Kam ich gegen Mitternacht nach Hause, fand ich einen Teil der neuen Bewohner im Wohnzimmer, wo sie sich zu eigentümlichen Zusammenkünften trafen. Sie verbrannten an dem ständig glühenden Lagerfeuer Zweige der Nadelgehölze aus unserem Garten und stimmten Gesänge an, die sich wie das Grölen von Fußballfans nach dem Sieg ihrer Mannschaft anhörte. Es roch nach Gebratenem. Nach und nach verschwanden die fünf Wellensittiche, der kleine Papagei und die Meerschweinchen. Die Katzen, hoffte ich, hatten sich in Sicherheit gebracht.

In den Garten mochte ich nicht mehr gehen. Es brach mir das Herz, wenn ich daran dachte, mit welcher Freude und Energie ich ihn einst gestaltet hatte. Von dem schönen Zedernbaum war ein mageres Gerüst mit ein paar Aststümpfen übrig geblieben. Die Blumenbeete waren verschwunden und der nicht gemähte Rasen niedergetrampelt. Nachts träumte ich von dieser Zerstörung.

Eines Tages kam ich nach Hause und parkte mein Auto vor der Garage, in der seit einigen Wochen eine unserer Gastfamilien wohnte. Da es im Hause zunehmend an Platz mangelte, wurden neue Untermieter in der Garage oder im Gartenhäuschen untergebracht. Lukas war ausgezogen, um seinen Schlafplatz freizugeben, managte die Hausangelegenheiten aber weiterhin.

Kaum hatte ich den Motor abgestellt, kam Lena mir entgegengelaufen, als hätte sie auf meine Ankunft gewartet. Ich erinnerte mich an frühere Zeiten, als meine Tochter mein Heimkommen freudig begrüßte, und ich spürte in mir den Wunsch, dass es wie früher sei und drinnen im Hause Magi mit einem liebevoll zubereiteten Essen aufwarten würde. Dem war nicht so.

Es ging darum, wie mir Lena mit ihrem typischen Ernst erklärte, dass mein Auto dringend von einem jungen Paar benötigt würde. Diese jungen Leute, die angeblich seit geraumer Zeit in unserem Hause lebten, standen schüchtern lächelnd daneben und überließen die Argumentation meiner Tochter. Wie ich erfuhr, wollten sich die beiden mit einem Kurierdienst selbstständig machen, schließlich wollten sie nicht für alle Zeiten auf unsere Kosten leben. Das müsse man anerkennen und unterstützen, meinte Lena. Und ich könne genauso gut mit öffentlichen Verkehrsmitteln zur Arbeit fahren, das mache mir doch nichts aus, oder?

Es machte mir etwas aus!

Lena, Magi und Lukas stimmten dafür, das Fahrzeug herzugeben, um dem jungen Paar die Möglichkeit zu geben, sich eine eigene Existenz aufzubauen. Ich war überstimmt und fügte mich in der Hoffnung, dass, wenn die beiden Erfolg hätten, sie sich eine andere Bleibe suchen würden.

Ab diesem Zeitpunkt war ich auf Bus und Bahn angewiesen. Um rechtzeitig zu meiner Arbeitsstelle zu kommen, stand ich morgens zwei Stunden früher auf, um die vier Kilometer zur nächsten Bushaltestelle zu joggen. Dabei kam ich jeden Tag an Lukas' neuem Haus vorbei und konnte beobachten, wie in wenigen Tagen das gesamte Grundstück von einer hohen Mauer eingefasst wurde. Eine schnelle, gründliche Arbeit, die dem Anwesen einen burgähnlichen Charakter verlieh. Kurz darauf war die Einfahrt, durch die ich bislang auf den Vorplatz vor dem Haus und neidisch auf den neuen Sportwagen von Lukas blicken konnte, durch ein Sicherheitstor verschlossen. Am nächsten Tag waren Stacheldraht auf der Mauer und Kameras am Tor vorhanden. Ich joggte eine Weile an der Mauer entlang und gelangte schließlich zur Endhaltestelle des Busses am Ortsausgang. Von dort fuhr ich bis zum Hauptbahnhof. Hier nahm ich den Zug bis zum anderen Ende der Stadt, dann brauchte ich noch rund acht Kilometer bis zu dem Gewerbegebiet, wo die Büros lagen, in denen ich arbeitete. Ich besorgte mir ein Fahrrad, von dem ich vorsorglich niemandem erzählte, um den letzten Teil der Strecke zu bewältigen.

Diese umständliche Anfahrt nahm ich in Kauf, um meine Familie, besser gesagt meine erweiterte Familie, mit meiner Arbeit zu versorgen. Ich ging um vier aus dem Haus und kehrte gegen vierundzwanzig Uhr heim. In der knappen Zeit, die ich zu Hause war, sah ich weder

Lena noch Lukas. Magi war um diese Zeit mit Putzen, Wäsche waschen oder Essensvorbereitungen für die Gäste beschäftigt.

An dem Tag, als Lukas mich morgens im Büro anrief, hatte ich ihn seit Wochen nicht mehr gesehen. Er teilte mir mit, dass er ab sofort neben dem operativen Geschäft die Buchhaltung und Organisation der Familienfinanzen übernommen habe und nach einer gründlichen Analyse zu dem Schluss gekommen sei, dass meine täglichen Fahrten ins Büro zu teuer seien. Man müsse sparen. Er empfahl mir, in der Nähe meiner Arbeitsstelle ein Zimmer zu suchen, um dort zu übernachten, und nur am Wochenende alle zwei Wochen nach Hause zu kommen. Wegen der horrenden Preise für Bus und Bahn sei das sinnvoll und angesichts der Enge im Haus von Vorteil. Für die entstehenden Kosten der Übernachtung wolle er mir pro Woche zehn Euro zur Verfügung stellen, als Taschengeld. Er gehe davon aus, dass ein Zimmer in der Nähe meiner Arbeitsstelle nicht teuer sein könne, schließlich handelte es sich um ein Industriegebiet und nicht um einen Touristenort. Ich warf ein, dass ich derjenige sei, der das Geld verdiente, das für alle Familienmitglieder, die alten wie die neuen, benötigt würde. Darauf erwiderte Lukas, man könne keine Ausnahmen machen, jeder müsse seinen Beitrag leisten und persönliche Befindlichkeiten müssten hintenanstehen. Ich fügte mich, wenn mir auch das soziale Bewusstsein meines Sohnes neu war, es passte nicht zu ihm. Zeit, darüber nachzudenken, blieb mir nicht. Ich musste mir eine Schlafgelegenheit suchen.

Nun war es so, dass in unserem Gewerbegebiet überhaupt keine Übernachtungsmöglichkeiten existierten.

Keine preiswerten und keine teuren. Ich kaufte mir für die zehn Euro, die Lukas mir zugestanden hatte, eine Luftmatratze und schlief fortan unter meinem Schreibtisch. Das hatte zusätzlich den Vorteil, dass ich meine nächtliche Anwesenheit im Büro als Überstunden deklarieren konnte, die von meinem Chef wegen Nachtarbeit mit einem Zuschlag honoriert wurden.

Da ich das Familieneinkommen durch diese Zusatzzahlungen verbesserte, glaubte ich, Anspruch auf eine Erhöhung meines Taschengeldes zu haben. Doch da irrte ich. Lukas stöhnte ob der vielen Auslagen und brauchte vier Tage, um mir einen Zuschlag von fünfzig Cent zu gewähren. Mehr sei nicht drin. Ich dankte ihm und er verlangte sofort eine Gegenleistung. Ich sollte an den wenigen Tagen, die ich zu Hause verbrachte, die Gartenarbeit übernehmen. Er schaffe das überhaupt nicht mehr, er sei mit der Verwaltung, der Zimmerbelegung und den Finanzen ausgelastet. Magi und Lena hätten Zusatzaufgaben übernommen, da sei es nicht mehr als gerecht, wenn ich mich ebenfalls an der zunehmenden Arbeit beteiligte. Meine Frage, ob nicht einer unserer neuen Untermieter ... Ich kam nicht weiter, Lukas fiel mir verärgert ins Wort: wie ich das erwarten könne. Eine solche Forderung auszusprechen, sei eine Ungeheuerlichkeit. Lena habe mir ausführlich auseinandergelegt, bla, bla, bla ... Ich verstummte und trug mein schlechtes Gewissen tagelang mit mir herum.

Ab diesem Zeitpunkt fuhr ich nur nach Hause, wenn ich einen Anruf erhielt, dass meine Arbeitskraft für den Garten benötigt wurde. Was bedeutete, die letzten Sträucher oder Bäume zu entfernen und neue Gartenhäuser für die Bewohner aufzustellen.

War das erledigt, fuhr ich zurück zu meiner Arbeits-
stätte. Ich fühlte mich wohl in meinem Refugium unter
dem Schreibtisch. Wenn nach Feierabend die Kollegen
gegangen waren, war es erholsam ruhig, niemand
störte, keiner verlangte von mir irgendetwas zu tun, und
mein Chef sagte nichts. Er glaubte, ich arbeitete.

Als ich Wochen später nach Hause kam, (ich nannte
es zu diesem Zeitpunkt noch „mein Zuhause" obwohl
ich mehr und mehr daran zu zweifeln begann), stellte
ich fest, dass sich neue Veränderungen ergeben hatten.
Der Vorratskeller und der ehemalige Hobbykeller
waren anderen Nutzungen gewichen. Im Vorratskeller
betrieb ein Hugo oder Fugo oder Bugo einen In- und Ex-
porthandel. Bis unter die Decke stapelten sich Kisten
und Pakete. Der Hobbyraum wurde als Schreinerei genutzt, in der einer unserer Gäste Vogelhäuschen baute,
die er online verkaufte.

Es muss bei diesem Besuch gewesen sein, als Lena mir
erklärte, dass man sich darauf geeinigt hätte, nicht mehr
von Gästen oder Untermietern zu sprechen, sondern
von Mitbewohnern. Das Wort Gäste sei herabwürdi-
gend und würde nahelegen, dass der Aufenthalt unserer
Mitbewohner temporär sei. Unter solchen Umständen
könnten sich die Menschen nicht zu Hause fühlen, sie
bräuchten eine Perspektive, damit sie in der Lage seien,
ihre eigene Situation zum Positiven zu wenden.

Magi und Lena waren, da andere Räume nicht mehr
zur Verfügung standen, in das Keller-Gästebad gezogen. Dieses winzige Bad war ursprünglich nicht für
Gäste gedacht, eher als schnelles Örtchen, wenn man

sich nicht von der Hobbyhobelbank trennen konnte, oder wenn man nach getaner Gartenarbeit den Schmutz nicht ins Haus tragen wollte, um dort eine Dusche zu nehmen. Außerdem konnte man den Familienhund nach einem Regenspaziergang abduschen.

In diesem Räumchen schliefen wir zu viert. Ich konnte wegen der schlechten Busverbindungen erst am nächsten Morgen zurück in mein Büro.

Magi und Lena schliefen in der Duschkabine und Bello, der Hund, lag auf der Ablage über dem Waschbecken. Ich war froh, dass Bello nicht bei einem der lauten und fröhlichen Feste auf dem Grill gelandet war wie die sechs Kaninchen. Ich setzte mich auf den Toilettendeckel und schlief im Sitzen.

Wie sich herausstellte, ging Magi ihrer Arbeit als Übersetzerin nicht mehr nach. Der Computer wurde für diverse Internetgeschäfte eines Mitbewohners, den ich nicht kannte, benötigt. Wie mein Auto sollte er Hilfestellung für den Aufbau einer eigenen Existenz geben.

Wie gut das gelungen sei, wollte mir Lena anhand von Fotos zeigen. Sie ging hinüber in den als Werkstatt genutzten Hobbyraum und lieh sich ein Handy von einem gewissen Zugo. Ich erkannte an der mit Glitzersteinen verzierten Schale, dass es sich um ihr eigenes Handy handelte, welches in Zugos Besitz übergegangen war, wie sie sagte. Sie zeigte mir Fotos von teuren Autos als Beweis für die Geschäftstüchtigkeit der Mitbewohner. Da ich ihre Erklärungen nicht in einen vernünftigen Zusammenhang bringen konnte, sagte ich nichts. Sie brachte das Handy zurück zu Zugo und ich sah, dass sie für das Ausleihen des Handys eine Gebühr zahlen musste. Das mache ihr nichts aus, sagte sie auf meine

Frage hin. Seit Neuestem habe sie einen Job und könne die Gebühren zahlen. Da Magi es nicht mehr alleine schaffe, für alle Menschen in Hause zu putzen, Wäsche zu waschen und Besorgungen zu erledigen, habe Lukas das Haus in zwei Bereiche eingeteilt. Die unteren Räume, die Keller-, Hobby- und Vorratsräume habe sie eigenverantwortlich zu betreuen, samt allen darin lebenden Bewohnern. Die Bezahlung sichere ihren Lebensunterhalt trotz der gestiegenen Miete für das Kellergästeklo.

Für die Vermittlung dieses Jobs habe sie zwar eine Provision an Lukas zahlen müssen, dieser habe ihr freundlicherweise eine Ratenzahlung gewährt. In drei Monaten habe sie diese Schulden abgezahlt, versicherte sie. Dann bliebe ihr genug Geld zum Leben und zum Sparen, wenn nicht erneut die Miete für das Wohnklo steigen würde oder die Abgaben auf den Lohn.

Um mir einen Überblick zu verschaffen, was wem gehörte, was uns gehörte und was nicht, ging ich zu Zugo, um zu erfahren, wie Lenas Handy in seinen Besitz gekommen war. Er zeigt mir einen von ihm und Lukas unterschriebenen, auf einem Post-it verfassten Vertrag über den Verkauf des Handys. Auch er hatte dafür eine Provision gezahlt. Allmählich begann ich zu ahnen, wie Lukas sich dieses Haus am Ortsrand leisten konnte.

Lena sagte, Vertrag sei Vertrag, man müsse sich an Gesetz und Ordnung halten und das Handy gehöre seit Vertragsabschluss Zugo, der es in gutem Glauben erworben habe. Ich wunderte mich, woher Lena juristische Kenntnisse hatte und schwieg.

Am Montag musste ich zurück zu meiner Arbeit. Dort kroch ich am Abend unter meinen Schreibtisch, wo ich meine Ruhe hatte. Ich hatte mir eine Herdplatte besorgt, um mir Essen zuzubereiten und bei einem meiner letzten Besuche zu Hause war es mir gelungen, meinem Sohn ein altes Tablet abzukaufen, das einstmals mir gehörte.

Seit Herbstbeginn und seit Gartenarbeit nicht mehr erforderlich war, fuhr ich nicht mehr zu meiner Familie.

Nur an Magi dachte ich oft und überlegte, wie ich sie zu mir holen könnte. Zwar hatte ich einige Ideen, aber bei näherer Betrachtung erwiesen sie sich als undurchführbar. Ich versuchte, mit ihr in Kontakt zu bleiben. Sie hatte kein Handy mehr und wenn ich mit ihr telefonieren wollte, musste ich Zugo anrufen, der die Telekommunikation im Hause übernommen hatte. Das bedeutete, dass Magi für jedes Telefonat, das sie erhielt, eine Gebühr zahlen musste.

Im November bekam ich von meinem Chef die Kündigung. Grund dafür war, dass das gesamte Gewerbegebiet einer Neubausiedlung weichen sollte. Die ansässigen Firmen mussten innerhalb kurzer Zeit ihre Geschäftsräume aufgeben und ihre Lager verlegen.

Meinem Sohn teilte ich mit, dass er ab dem nächsten Monat nicht mehr mit meinem Gehalt rechnen könne. Lukas war außer sich. Wie ich mir das Überleben der Familie vorstellte, fragte er. Er brauche dringend Geld. Die Finanzlage sei äußerst angespannt. Ich solle mich umgehend um eine neue Arbeit bemühen.

Da er betonte, wie wichtig mein Arbeitseinkommen für die Familie sei, begann ich darüber nachzudenken, wie wichtig mir die Familie war. Von Lukas und von

Lena hatte ich mich entfernt, von dem Hund wusste ich nicht, ob er noch existierte, nur Magi war für mich von Bedeutung.

Den Kontakt zu der Familienhaus-Nachbarschaft hatte ich vor langer Zeit verloren – ebenso wie meine Freunde. Meine Verwandtschaft, meine Brüder, Schwestern, Onkel und Tanten hatten sich nicht mehr sehen lassen, seit die ersten Mitbewohner eingezogen waren.

Ich beschloss abzuwarten und verbrachte meine Tage schlafend unter dem Schreibtisch. Es war wie eine Erholung: das stillgelegte und entvölkerte Büro, die schweigenden Telefone. Ich erholte mich von den Strapazen der letzten Monate und nach einer Weile, als mein Tatendrang gerade zu erwachen begann, da wurde meine Idylle jäh durch herannahende Bagger unterbrochen. Ich konnte mich gerade noch rechtzeitig aus dem Gebäude retten, da wurde es von der Abrissbirne niedergestreckt.

Unser Firmengebäude mit den Ausstellungshallen und dem darüber liegenden Verwaltungstrakt wurde als eines der ersten abgerissen.

Ich fand Unterschlupf im Hauseingang eines anderen Hauses. Aus den Türen des abgerissenen Gebäudes baute ich einen Wall um mich herum, der mich vor der Kälte schützte. Ich kam gut zurecht, obwohl mich der Abrisslärm jeden Morgen aus dem Schlaf riss. Den ganzen Winter über hörte ich morgens die Bagger kommen und der Tag ging im Baulärm unter. Mehrmals musste ich umziehen, wenn meine jeweilige Unterkunft dem Erdboden gleichgemacht wurde. Parallel dazu wurde fleißig gebaut, sodass ich bald Möglichkeiten fand, in den Rohbauten unterzukommen. Als nach einem Jahr die ersten Gebäude fertiggestellt waren, wurde es für mich richtig komfortabel. Ich fand saubere Toiletten und in einigen Neubauten Bäder vor. Fenster waren eingebaut und schützten vor Kälte. Während der ganzen Zeit versuchte ich weiterhin, mit Magi Kontakt zu halten. Ohne die Bauarbeiten wäre es nicht möglich gewesen. An allen Baustellen gab es Stromanschlüsse, die ich spätabends und nachts, wenn niemand anwesend war, nutzen konnte, um das alte Tablet aufzuladen, damit ich skypen konnte. Schwierig wurde es auf Magis Seite. Zum einen, weil sie kein eigenes Handy hatte und Zugo auf meine Anrufe genervt reagierte, und zum anderen, weil ich sie nicht verstehen konnte, wegen des Lärms, den die Bewohner in unserem Haus machten.

Beim letzten Gespräch sagte sie mir, dass sie ausziehen wolle. Ich bat sie, zu mir zu kommen, doch sie hatte kein Geld für Bus oder Bahn. Ihre letzten Euro hatte sie ausgegeben, um Lukas das Zelt abzukaufen, das wir ihm vorletztes Jahr zu Weihnachten geschenkt hatten. Sie brauchte das Zelt, sagte sie, weil sie in Kürze in den nahe gelegenen Wald ziehen wolle. Dort sei es friedlich und ruhig und das Zelt biete mehr Platz als die Duschkabine, die sie mit Lena teilte. Außerdem habe Lukas die Miete für die Duschkabine angehoben und sie könne sich diese nicht mehr leisten. Sie wolle weiter täglich ins Haus kommen, um die Wäsche zu waschen und zu putzen. Den Lohn dafür erhielt sie von Lukas. Sie lobte ihn, weil er pünktlich zahlte und eine geringe Provision von ihr verlangte.

Nach diesem letzten Kontakt erreichte ich sie nicht mehr und konnte nur hoffen, dass es ihr gut ginge.

Die Arbeiten in der neuen Gewerberegion schritten voran. Ich hatte mich mit den Arbeitern und Polieren der Baustellen angefreundet. Sie zeigten mir, wo die besten Schlafplätze waren und gaben mir Aushilfsjobs. Ich war es nicht mehr gewohnt, dass meine Arbeit vernünftig bezahlt wurde, und war erstaunt und erfreut, wenn ich am Ende der Woche meinen Lohn in Empfang nahm. Ich sparte, was ich konnte, weil ich die Hoffnung hegte, Magi bald zu mir holen zu können.

Die ersten Firmen zogen in die Bürogebäude und am Rand des Areals wurden Wohngebäude hochgezogen. Ich arbeitete weiter auf den Baustellen und hatte zusätzlich einen Nebenjob ergattert. Ich erledigte Botendienste für eine große Anwaltskanzlei, die in eines der eleganten Bürogebäude eingezogen war.

Zuletzt wohnte ich in einem superschicken Ladengeschäft. Alles vom Feinsten! Die Armaturen in dem modernen Toilettenraum seien vergoldet, sagten die Handwerker. Es sollte die Geschäftsstelle des Investors werden. Ein Emporkömmling, sagte der Polier, ein eleganter Herr im Maßanzug, sprach ein anderer und ein Wahnsinnsauto mit Chauffeur, meinte ein dritter und nickte anerkennend.

Dann kam der Tag, an dem ich dort ausziehen musste. Der Möbelwagen stand vor der Tür und die Packer luden teure Schreibtische, Chefsessel, großformatige Gemälde und modernste Computer ab. Ich schlug mein Lager in dem danebengelegenen Hauseingang auf. Allmählich machte ich mir Sorgen, dass das ganze Viertel vermietet sein würde und ich nirgendwo Unterschlupf finden könnte.

Von nebenan beobachtete ich den Einzug. Als alle Möbel ausgeladen waren, kam eine außerordentlich schicke junge Frau auf außerordentlich hohen Absätzen vorgefahren. Im Schlepptau hatte sie einen Bediensteten, der Einkaufstaschen trug und um sie herum wuselte, bis sie ihn entließ. Durch die großen Scheiben sah ich, wie sie überdimensionale Schalen mit exotischem Obst befüllte und anschließend kontrollierte, ob alles sauber und an seinem Platz war. Zum Schluss legte sie noch wertvoll erscheinende Füllfederhalter auf den Schreibtisch. Trat ein paar Schritte zurück, betrachtete die Anordnung wie ein Stillleben, schob die beiden Füllfederhalter nach rechts, ein Stück nach vorn, dann zurück, bis sie zufrieden war. Als das erledigt war, schloss sie die Lamellenvorhänge und nahm mir den Blick.

Als am nächsten Tag der silberfarbene Mercedes S 65 AMG vorfuhr, stand sie im Eingang zum Empfang bereit.

Ein Chauffeur stieg aus, ging eilig um den Wagen herum und öffnete die hintere Tür. Zuerst sah ich handgefertigte Schuhe an einem Bein, das sich nach draußen auf den Gehweg tastete. Dann stieg er aus, elegant, selbstsicher, mit hochmütigem Blick – mein Sohn Lukas. Soweit hatte er es gebracht! Ich konnte nicht anders, ich musste ihn bewundern.

In den folgenden Tagen versuchte ich, mit ihm Kontakt aufzunehmen. Seine Sekretärin wimmelte mich ab. Wie ein Racheengel versperrte sie mir den Zutritt. Ich brachte vor, dass ich der Vater sei. Sie rümpfte die Nase und verwies mich der Tür.

Tagsüber ging ich meinen Gelegenheitsjobs auf den Baustellen nach. Abends kam ich zurück zu den fertiggestellten Bürogebäuden und kampierte in der Nähe von Lukas' Büro. Selten sah ich ihn. Wenn ich Glück hatte, erhaschte ich einen kurzen Blick, wenn er von Bodyguards umringt, die drei Schritte vom Eingang seines Büros bis zu dem silberfarbenen Mercedes machte. Tag und Nacht standen Wachleute vor der Tür.

Diese Männer bemerkten eines Morgens meine provisorische Behausung aus alten Türen und Bauhölzern im Eingang des Nebengebäudes und forderten mich auf, binnen der nächsten zehn Minuten zu verschwinden, ansonsten würden sie mich gleich zusammen mit meinen Habseligkeiten entsorgen. Sie wiesen auf das vorbeifahrende Müllfahrzeug. Ich weigerte mich standhaft und sie begannen, meinen Besitz aus dem Eingang des Hauses zu entfernen. Einer griff nach meinem Rucksack. Weil darin das Tablet war, klammerte ich mich an ihn. Wir zerrten jeder an einem Tragriemen. Es kam zu einem Gerangel. Der andere Security Mann wollte mir einen Kinnhaken versetzen. Ich duckte mich weg und seine Faust traf das Gesicht seines Kollegen. Nun begannen die beiden aufeinander einzudreschen. Trotz dieses Tohuwabohus bemerkte ich, wie das silbern in der Sonne glitzernde Fahrzeug nahezu geräuschlos vorfuhr. Ich entwischte den Bodyguards, ohne dass sie es in dem Durcheinander bemerkten. Sie schubsten sich gegenseitig und prügelten aufeinander ein. Wahrscheinlich lag es an ihren Sonnenbrillen, dass sie nicht bemerkten, wie ich verschwand.

Es war die Gelegenheit, dicht an das Fahrzeug heranzukommen. Ich riss die hintere Tür auf, verbeugte mich tief vor meinem Sohn, so wie ich es bei seinen Vasallen gesehen hatte. Als er auf dem Gehsteig stand, gab ich mich zu erkennen.

Es schien, als sackte er zusammen, als er mich erkannte. Durch den Lärm und das Geschrei der Bodyguards, die sich ein paar Meter weiter prügelten, waren die Menschen aus den umliegenden Büros an die Fenster geeilt und schauten neugierig auf uns herab. Schnell packte mich Lukas am Arm und zog mich durch die Tür in seine Agentur. Er wies mir einen Besuchersessel zu und bat seine Assistentin, uns alleine zu lassen.

Da war er plötzlich nicht mehr der vornehme Herr, sondern der unbeherrschte Junge, den ich kannte. Er brüllte mich an, was ich mir erlauben würde, ihn bloßzustellen. Ich ließ mich nicht beeindrucken. Diesmal hatte ich die Oberhand. Draußen auf der Straße hatte ich erkannt, wo seine Schwachstelle lag. Ich drohte ihm, dass ich allen Menschen im Umkreis erzählen würde, dass ich der ˙Vater des angesehenen Investors sei. Schließlich kannte ich eine Menge Leute in dem neuen Viertel. Ich hatte mich im Laufe der Zeit nicht nur mit den Bauarbeitern angefreundet, sondern auch mit einigen der Firmenchefs und vielen der Angestellten. Sogar in der großen Rechtsanwaltskanzlei, für die ich diverse Botengänge erledigte, war ich beliebt.

Lukas erfasste diese Tatsache schnell und versuchte, mich zu besänftigen. Schließlich bot er mir einen Vollzeitjob und eine Unterkunft an, wenn ich den Mund hielte. Eines hatte ich von ihm gelernt: Ich bestand darauf, unsere Vereinbarung schriftlich zu fixieren.

Ich kann sagen, dass ab diesem Zeitpunkt für mich alles gut lief. Heute bin ich als Hausmeister in der Immobilienfirma meines Sohnes angestellt und zuständig für die Reinigung der Flure, Aufzüge, Keller und Dachböden sowie für die Pflege der Gartenanlagen. Der große Abstellraum, in dem die Gerätschaften und Putzmittel lagern, ist mein neues Zuhause. Die Miete ist happig, das stimmt, dafür ist es ein Neubau und super isoliert. Im Winter ist es warm, im Sommer kühl. Es gibt ein Waschbecken mit fließendem Wasser und ich kann die Besuchertoiletten benutzen. Außerdem habe ich Strom, den ich nicht extra bezahlen muss. Und das Beste ist: Es gibt freies WLAN.

Das Gehalt, das ich nach Abzug der Miete für den Abstellraum erhalte, reicht auf absehbare Zeit nicht für eine Fahrt in den Vorort, in dem mein altes Zuhause liegt. Meine Ersparnisse musste ich für die Provision und Kaution für die Unterkunft aufbringen. Da mein Arbeitsgebiet umfangreich und verantwortungsvoll ist, bin ich ohnehin unabkömmlich.

Nach den langen Arbeitstagen sitze ich abends in meiner Behausung und versuche, über das Internet mit Lena oder einem unserer Untermieter in Verbindung zu treten. Ich hoffe, in Erfahrung zu bringen, was aus Magi geworden ist. Irgendwann werde ich es herausfinden. Bis dahin hoffe ich genug Geld gespart zu haben, um eine Fahrt in den Vorort am anderen Ende der Stadt zu machen. Ohne Lukas' Wissen erledige ich nebenbei die Botengänge für die Anwaltskanzlei, was mir ein kleines Zusatzeinkommen beschert. Davon darf Lukas nichts erfahren, er wird sonst die Miete für den Abstellraum erhöhen.

DIE FALSCHE LADY

„Sind wir hier richtig?"

„Hey, Tobs, wo hast du uns hingeführt?"

„Es stimmt schon. Der Typ hat gesagt, hier sollen wir aussteigen."

„Sag mal, Tobs, woher kennst du den überhaupt?"

„Mirko? An der Uni habe ich ihn gelegentlich gesehen. Näher kennengelernt habe ich ihn beim Kletterkurs, den ich in den letzten Semesterferien gemacht habe. Hat viel Knete. Reiche Eltern und so. He, Phil, komm her, ich glaube hier geht's lang. Mirko hat gesagt, hier die kleine Straße rein und geradeaus. Er meinte, wir sollen dem Gehör nach gehen, die Party wäre laut genug."

Robin schaute misstrauisch. „Ich hör nichts. Was für eine Party soll das sein?"

„Na ja, er meinte halt, es wäre alles draußen wegen dem Wetter. Und im Swimmingpool." Tobias grinste. „Er hat gesagt, das ist nix für Spießer. Alle gehen nackt in den Pool."

„Die Mädels auch?", feixte Philip.

„Ja, klar!"

„Cool, dann lass uns das Haus suchen."

Sie verließen die Hauptstraße mit der beleuchteten Bushaltestelle und bogen in eine schmale Straße ein. Unmittelbar erfasste sie Finsternis. Sie gingen an parkähnlichen Grundstücken vorbei, die von hohen Mauern eingefasst waren, die jeden Einblick verwehrten. Alter Baumbestand hinter den Mauern breitete seine Äste wie ein Schirm über die Straße. Das dichte Laub ließ nur selten einen Strahl helles Mondlicht auf die geteerte Straße fallen und es schien ihnen, als gingen sie durch einen dunklen Tunnel. Straßenlaternen gab es hier keine. Je weiter sie auf der Straße voranschritten, desto dunkler und stiller wurde es. Das seltene Geräusch eines vorbeifahrenden Autos blieb auf der wenig befahrenen Hauptstraße hinter ihnen zurück und bald war nichts mehr zu hören, wenn man vom Rauschen der Blätter über ihnen und gelegentlichem Hundegebell in der Ferne einmal absah. Hin und wieder, wenn sie an einer Einfahrt vorbeikamen und in den Erfassungsbereich eines Bewegungsmelders gerieten, wurden sie in gleißendes Licht getaucht.

Sie waren eine Weile gegangen und wurden langsam unruhig, weil ringsum keine Anzeichen von Musik oder fröhlichen Menschen zu vernehmen waren.

„Ich glaube, da vorn ist ein Gittertor. Vielleicht kann man in das Anwesen hineinsehen." Tobias flüsterte, lautes Reden erschien ihm angesichts der Stille ringsum unangemessen. Sie waren an diese Ruhe nicht gewöhnt. In der Innenstadt, wo sie alle drei wohnten, war die ganze Nacht Leben. Als er sich dem Tor näherte, trat der obligatorische Bewegungsmelder in Aktion. Die flutlichtartigen Lampen waren an zwei Masten rechts und links vom Tor angebracht und beleuchteten die Straße bis zum gegenüberliegenden Grundstück. Das Tor bestand aus schwarzem Schmiedeeisen und war breit genug, dass zwei Autos nebeneinander hätten durchfahren können. In der Mauer rechts befand sich eine Vertiefung aus Messing und in deren Mitte ein Klingelknopf. Kein Namensschild. Als Schutz vor der Helligkeit beschatteten sie die Augen mit den Händen und versuchten durch das Tor einen Blick auf das Anwesen zu erhaschen, aber sie standen im Licht und blickten in eine noch tiefere Schwärze.

„Ich kann mir nicht vorstellen, dass hier eine Party stattfindet. Hier wohnen bestimmt nur Leute, die schon scheintot sind, falls hier überhaupt jemand wohnt. Wir sollten umkehren und zurück in die Stadt fahren", ätzte Robin, drehte sich um und lief zurück.

„Wie sollen wir zurück in die Stadt kommen?", fragte Tobias. „Das war der letzte Bus, mit dem wir gekommen sind. Lass uns weiter suchen."

„Ich denke, wir sollten zurück zur Hauptstraße und dort sehen, ob wir vielleicht die falsche Straße genommen haben."

Tobias folgte den Freunden, weil er nicht zurückbleiben wollte. Nach rund fünfzig Metern entdeckte er einen kleinen Seitenweg.

„He, schaut mal, hier geht ein Fußweg zwischen zwei Grundstücken durch. Wir gehen hier weiter." Tobias war abgebogen und die anderen, neugierig geworden, folgten ihm.

„Gott, was ist das für ein Semesterende. Statt zu feiern wie die anderen, schleichen wir durch das stinkvornehmste Viertel der Stadt und suchen nach einer nicht vorhandenen Party. Ich wollte morgen zu meinen Eltern fahren."

„Hey, Rob, halt mal das Maul. Wir haben gestern schon gefeiert und gemessen am Alkoholkonsum haben wir unser Limit für heute sowieso erreicht."

„Ach was", meinte Philip, „das war nur ein Vorglühen. Ich gehe davon aus, dass uns für heute Nacht noch Besseres bevorsteht."

„Tobs hat recht", meinte Robin. „Ein bisschen frische Luft tut gut."

„Na, von mir aus. Bis wir die Party gefunden haben, sind wir nüchtern und können von vorn anfangen."

Sie waren ein ganzes Stück vorangekommen in der schmalen Gasse. Die Bäume standen nicht mehr dicht an dicht wie zuvor und der volle Mond an dem sternenklaren Nachthimmel erhellte die Umgebung. Es war keine geteerte Straße, vielmehr glich der Untergrund einem Feldweg, der rechts und links von Mauern gesäumt wurde. Die Mauer zur Rechten bestand aus großen quaderförmigen Sandsteinen, die oben spitz wie ein Dach geformt waren. Die Mauer auf der anderen Seite war aus groben Bruchsteinen gebaut und teilweise von einem Klettergewächs überwuchert. Die holzigen armdicken Äste schienen an einigen Stellen direkt ins Mauerwerk hineingewachsen zu sein und Bündel von blauen Blüten hingen schwer wie Trauben an ihnen herunter.

Plötzlich endete der Weg abrupt. Die rechte Mauer knickte im neunzig Grad Winkel ab und stieß auf die gegenüberliegende Wand. Das letzte Stück wurde durch eine große Eiche beschattet. Verblüfft blieben sie stehen.

„Was soll das? Wozu gibt es hier einen Weg, wenn er zugemauert ist?" Mit übertriebener Entrüstung stemmte Tobias die Fäuste in die Hüften.

„He, schaut mal. Da ist eine Tür." Tobias stand im Schatten des Baumes, direkt vor der Bruchsteinmauer, in die eine niedrige, oben abgerundete Tür mit schwarzen angerosteten Beschlägen eingelassen war. Obwohl das Holz grau und rau wirkte, machte die Tür einen robusten Eindruck. Tobias drückte die Klinke herunter.

„Abgeschlossen!"

„Na klar, was sonst. Glaubst du, irgendjemand hier lässt eine Tür offen? Du hast gesehen, wie hier alles abgesichert ist."

„Schon klar. Es macht mich aber neugierig."

„Was machen wir jetzt?"

Unschlüssig blieben sie eine Weile stehen. Dann vernahm man von jenseits der Mauer ein plätscherndes Geräusch.

„Habt ihr das gehört?" Tobias flüsterte und horchte in die Stille ringsum.

„Da, hört ihr? Irgendwo hier ist Wasser."

„Ja, wird wohl der Swimmingpool sein, den wir suchen." Philip zog Augenbrauen und Schultern gleichzeitig hoch.

„Könnte ebenso gut ein Teich sein."

„Ich will das wissen!" Tobias ging ein paar Meter zurück und betrachtete im Mondlicht die Mauer. Ihre Höhe schätzte er auf gut zwei Meter. Er betrachtete die grob und ungleichmäßig behauenen Steine. Er konnte sich gut vorstellen, sie als Kletterwand für ein Freeclimbing zu nutzen. Für ihn eine Herausforderung, für die beiden anderen, die keine Klettererfahrung hatten, würde es schwierig. Ein paar Meter weiter stand eine Glyzinie. Er wandte sich der Kletterpflanze zu und griff mit der Hand nach einem kräftigen Ast. Er schien stabil zu sein.

„Was hast du vor?"

„Ich versuche, hier rüberzuklettern."

„Lass das, Tobs!" Besorgt zupfte Robin ihn am Arm. „Das ist gefährlich. Diese Leute hier haben Wachmänner."

„Ach was! Wachmänner stehen am Eingang und nicht im Garten."

Tobias hatte einen Fuß auf eine Astgabel gestellt und kletterte behände nach oben.

„Manche Leute haben Bodyguards, die wohnen im Haus."

„Jetzt hört auf, die Angsthasen zu spielen. Hey Rob, Phil, kommt rauf."

Tobias hockte auf der Mauer und schaut auf die andere Seite.

„Mann, das ist cool. Hier direkt vor meiner Nase ist tatsächlich ein Swimmingpool."

„Das ist aber eine stille Pool-Party."

„Nee, da ist keine Party. Kein Mensch da. Nur zwei Enten. Kommt rauf und schaut es euch an."

„Also Party mit Enten?", fragte Philip und lachte.

Er kletterte als Erster hoch, dann kam Robin nach oben. Tobias hatte sich auf der anderen Seite an einem Ast der Kletterpflanze hinuntergleiten lassen und winkte den beiden anderen, es ihm gleichzutun. Kurz Zeit darauf standen sie am Rande einer weitläufigen Rasenfläche. Es waren noch rund achtzig Meter bis zu dem ausladenden Bungalow mit dem Walmdach und dem Swimmingpool. Dahinter dehnte sich die Rasenfläche weit aus, bis sie durch ein Wäldchen begrenzt wurde. Das Haus lag ungefähr in der Mitte und war schräg zum Grundstück gebaut. Alle Fenster waren dunkel.

Auf der gesamten rückwärtigen Breite des Bungalows befand sich ebenerdig eine Glasfront, von der aus sich die Terrasse bis zum Swimmingpool und um diesen herum ausdehnte. Mehrere Sonnenliegen waren um den Pool drapiert. Sie standen in Reih und Glied, als wäre ihr Abstand mit einem Lineal ausgemessen. Neben jeder der Liegen stand ein Tischchen. Es war vollkommen ruhig. Dann nahmen die beiden Enten auf dem Wasser Anlauf und erhoben sich flügelschlagend in die Luft. Das blieb das einzige Geräusch.

„Hey, ihr dämlichen Enten. Das ist unser Pool."

„Ziemlich still hier, was, Tobs?"

„Scheint niemand zu Hause zu sein."

„Wir könnten eine Runde schwimmen."

Sie bewegten sich zunächst zögernd, dann schneller auf den Pool zu. Der Rasen unter ihren Füßen war dicht und weich. Das gab ihnen, zusammen mit dem Alkohol, den sie bis vor Kurzem konsumiert hatten, das Gefühl, zu schweben. Eine euphorische Stimmung machte sich breit und sie begannen zu feixen, stießen sich gegenseitig an, grinsten albern und kicherten verhalten, trotz allem darauf bedacht, keinen Lärm zu machen.

Am Pool angekommen sahen sie erst, wie groß er war, und standen eine Weile staunend am Rand.

„Was ist? Gehen wir rein?" Tobias streifte seine Turnschuhe ab, gleichzeitig zog er das T-Shirt über den Kopf. Es dauerte zwei Sekunden und er glitt nackt ins Wasser.

„Wow, das ist cool." Tobias winkte den anderen und sie folgten ihm. Sie schwammen ein paar Züge und begannen prustend, sich gegenseitig unterzutauchen.

Plötzlich ging die Unterwasser-Beleuchtung an und der Swimmingpool erstrahlte in türkisfarbenem Licht. Gleichzeitig setzte wütendes Hundegebell ein. Im nächsten Augenblick kamen zwei riesige, schwarze Dobermänner aus einem offenen Spalt der Terrassentür geschossen und standen Bruchteile einer Sekunde später kläffend und seibernd am Beckenrand.

Tobias, Robin und Philip rückten in der Mitte des Pools zusammen und starrten mit erschrockenen Mienen auf die beiden rasenden Hunde.

„Verdammt! Hoffentlich kommen die nicht ins Wasser."

Als sie ein Geräusch aus Richtung des Hauses vernahmen, drehten sie ihre Köpfe völlig synchron nach links. Eine blonde Frau schritt durch die geöffnete Terrassentür ins Freie und schlenderte lässig und ohne die geringste Eile auf sie zu. Am Beckenrand blieb sie stehen, zwischen den beiden kläffenden Höllenhunden, die zur Seite wichen, als sie nähertrat.

Tobias sah, dass ihre Füße in schwindelerregenden High Heels steckten. Große Füße, wie er feststellte. Seine Augen tasteten sich von dort nach oben, die langen, schlanken Beine entlang. Der Saum ihres Kleides hielt seinen Blick zwanzig Zentimeter oberhalb ihrer Knie auf, und angesichts der Situation, in der er steckte, erschien es ihm nicht angemessen, sich auszumalen, wie sie enden würden. Das hellblaue Kleid floss weich über die schmalen Körperformen, die hier und da ein wenig eckig wirkten wie bei den mageren Frauen in den Modezeitschriften. Er bemerkte die Hüftknochen, die sich unter dem Stoff abzeichneten und weiter oben einen flachen Busen. Sie war groß und ihre Haut wirkte samtig. Das lange Haar fiel bis über die Schulter hinab. Sie sah verdammt gut aus, diese Lady, wenn man auf diese Sorte Frauen stand.

Die Jungs zappelten, traten Wasser, ruderten mit den Armen und schauten sie mit offenen Mündern an, als hätte es ihnen die Sprache verschlagen.

„Tut uns leid, wenn wir Sie geweckt haben", begann Tobias nach einer Weile. Er versuchte, seiner Stimme einen lässigen Klang zu geben. Das Wasser kam ihm kalt vor. Robin und Philip zitterten vor Kälte oder Anspannung.

„Wir dachten, hier sei eine Party."

„Ja, wir sind rein zufällig hier vorbeigekommen."

Die Lady machte keine Andeutung, was sie von ihren verlegenen Erklärungsversuchen hielt, oder ob sie bei dem lauten Gebell der Hunde überhaupt etwas verstanden hatte. Sie stand leicht breitbeinig und mit seitlich herabhängenden Armen und schaute von oben auf sie herunter. Minutenlang schien sie das Unbehagen der drei jungen Männer zu genießen.

Endlich machte sie eine kaum merkliche Bewegung mit den Händen. Es war nicht mehr als ein Zielen mit den Zeigefingern auf den Boden rechts und links neben sich. Sofort war es ruhig, als die Dobermänner ihr Gebell einstellten und sich setzten.

Sie verschränkte die Arme vor der Brust und stand weiter unbeweglich, flankiert von den beiden Dobermännern, die hechelnd neben ihr saßen und die Zunge zwischen ihren spitzen Eckzähnen heraushängen ließen.

„Wir dachten, das ist ein cooler Pool hier." Eine weitere Bemerkung, die ihr nicht den Hauch eines Lächelns abringen konnte und Philip sofort verstummen ließ. Sekunden verstrichen. Oder Minuten. Das Wasser wurde zunehmend kühler und ihre Beklemmung wuchs angesichts der Tatsache, dass sie nackt waren und die Lady sie ohne Scheu begutachtete.

„Wollt ihr 'nen Drink?" Endlich sprach die Schöne und das mit einer Stimme, die so reibeisern klang wie AnnenMayKantereit.

„He, Bella", wagte sich Tobias, ermutigt durch ihr unverhofftes Angebot, zu sprechen, „das ist 'ne echt coole Idee."

„Ich habe Bacardi. Oder Dave macht Caipirinhas."

Bei diesen Worten schnellten die Köpfe der drei erneut in Richtung Haus, wo ein Mann erschien, der ein Kreuz hatte wie ein Schrank und Muskelpakete wie Arnold Schwarzenegger in seinen besten Jahren. Er trug eine weiße Jeans und Badelatschen. Der gebräunte Oberkörper war unbekleidet. Das Gesicht unter dem blonden Bürstenhaarschnitt verriet keinerlei Emotion.

„Dave?"

„Caipirinha wäre super."

„Ja, gerne, echt nett von Ihnen."

„Dave, bring Handtücher!", befahl die Lady. Eine halbe Minute später war Dave mit drei weißen Badetüchern zurück und legte sie auf eine der Liegen. Doch was jetzt? Die Jungs wussten nicht, was sie tun sollten. Sobald sie sich ein paar Zentimeter auf den Rand zubewegten, versetzte dies die Dobermänner in Alarmbereitschaft. Deren Muskeln unter dem glänzenden Fell spannten sich, sie begannen zu knurren und bleckten die Zähne. Selbst über einige Meter Distanz konnte Tobias den üblen Atem der Hunde riechen. Die Lady am Beckenrand stand dort wie eine in Stein gehauene Statue und rührte sich nicht. Sie machte keine Anstalten, die Hunde zur Räson zu bringen. Dave stand im Hintergrund, er schien sich ebenfalls als Statue verewigen zu wollen. Aus der Poolperspektive schien den drei Jungs diese Szene unendlich lange anzudauern. Sie beobachten uns wie Versuchsmäuse im Labor, dachte Tobias.

„Was ist mit den Hunden?", fragte Philip.

„Castor! Hermes!", sagte die Lady in scharfem Ton und ihr Zeigefinger wies auf eine Stelle neben einer der Liegen. Sofort trollten sich die Dobermänner und legten sich an der angewiesenen Stelle nieder.

Tobias bemerkte, wie Robin neben ihm hörbar ausatmete.

„Kommt raus", sagte die Lady, „bevor eure Männlichkeit zu weißen Zuckerschaummäusen geschrumpft ist."

Es blieb ihnen nichts anderes übrig, als sich nackt wie sie waren, am Beckenrand hochzustemmen. Erst als sie vor ihr standen und die Lady noch einen prüfenden Blick auf sie geworfen hatte, bückte sie sich nach den Handtüchern und warf jedem eines entgegen. Sie nahmen sie dankbar an, froh, ihre Nacktheit vor den Augen der Lady und vor Dave bedecken zu können, der sie ebenfalls eingehend beäugte.

Ein Blick der Lady und Dave verschwand im Haus. Den Jungs bedeutete sie mit einer Handbewegung, sich auf den Sonnenliegen niederzulassen. Obwohl ihnen die Begegnung peinlich war und sie am liebsten sofort den Rückzug angetreten hätten, wagte keiner zu widersprechen. Als Dave kurze Zeit später mit einem Tablett und vier Gläsern darauf wiederkam, lagen sie, die Handtücher um die Hüften geschlungen, auf den Liegen. In den Gläsern, die Dave ihnen servierte, schimmerten unten die grünen Limetten in einer hellen Flüssigkeit, auf der ein Berg von gehacktem Eis schwamm. Für die Lady brachte er einen Bacardi-Cola. Sie lag zwischen ihnen, zu ihren Füßen die beiden endlich friedlich schnaufenden Hunde.

„Wie heißt ihr?", fragte sie.

Artig wie Schulkinder stellten sie sich vor. Ihre Erwartung, dass die Lady ihrerseits ihren Namen nannte, wurde enttäuscht. Sie erfuhren es nicht und wagten nicht zu fragen.

Tobias betrachtete sie verstohlen, während er sich nach rechts beugte, um sein Caipirinha-Glas auf dem Tischchen abzustellen. Ihre Hände waren unglaublich schmal und lang und trotz der samtweich erscheinenden Haut sehnig wie ihre Unterarme. Die Fingernägel waren aufgeklebt, schloss er. Noch nie hatte er solch lange Fingernägel gesehen. Faszinierender fand er ihr Gesicht. Im Gegensatz zu ihrer restlichen Aufmachung war sie dezent geschminkt. An ihren Gesichtszügen, die perfekt und gleichzeitig kantig waren, vermisste er jetzt aus der Nähe etwas Weiches. Als sie mit der Hand die Haare aus der Stirn strich, verstärkte sich dieser Eindruck durch den zurückweichenden Haaransatz und die vorgewölbten Augenbrauenbögen. Auf den zweiten Blick war sie nicht die Frau, auf die er stand. Zu androgyn, fand er.

Und Dave? Der stand am Haus, mit einem Glas Bacardi-Cola in der Hand, leicht an eine der Schiebetüren gelehnt, unbeweglich und ohne eine Miene zu verziehen. Erneut musste Tobias an die Versuchsmäuse im Labor denken. Er konnte diesen Typ nicht einschätzen. Was will er? Warum bleibt er dort stehen und beobachtet uns? Tobias schaute zu seinen Freunden. Philip, der auf der anderen Seite neben der Lady lag, unterhielt sich angestrengt mit ihr. Tobias kam es vor, als wenn er nach jedem Wort suchen müsse, obwohl Philip im Allgemeinen nicht auf den Mund gefallen war. Robin, eine Liege weiter, schaute ängstlich zu Dave. Und Tobias merkte, dass Dave Robin im Visier hatte. Hatte er nicht vorhin, als sie aus dem Wasser stiegen, Robin von oben bis unten gemustert?

„Ist dir kalt?", fragte die Lady, an Robin gewandt.

„Ja, ich glaube, ich sollte meine Sachen anziehen."

„Mit den dünnen T-Shirts, die ihr anhattet, wird dir nicht warm. Geh mit Dave, er wird dir einen Pullover geben."

Robin fühlte sich sichtlich unwohl. Er sagte, er brauche keinen Pullover. Seine Stimme klang leise und es schien, als würde er lallen. Zuviel Caipirinha! Der verträgt nichts, der Kleine, dachte Tobias. Dave ging um den Pool herum und hob den Haufen Kleider auf, der dort lag. Dann kam Dave zu Robin, zog ihn am Arm hoch und die beiden verschwanden im Haus. Merkwürdig, wie schwankend die gehen, dachte Tobias, gleich schwankt noch das Haus, oder ich schwanke. Und meine Klamotten schwanken mit ihnen davon. Warum nimmt der meine Sachen mit? Mann, war der Caipirinha stark. Ja, der war stark. Eigentlich war er richtig gut.

Die Lady lächelte ihn an. Wow, die kann lächeln. Philip saß schief auf der Liege, sodass es aussah, als wenn er gleich herunterfallen würde. Tobias hatte Mühe, die Augen offen zu halten. Kein Wunder, letzte Nacht hatten sie ordentlich gefeiert. Mit dem Trinkhalm sog er geräuschvoll die letzten Tropfen aus seinem Glas. Was ist mit Philip los? Er kippt zur Seite. Mann, bin ich betrunken. Und die Lady kann tatsächlich lächeln.

***

Als Tobias die Augen aufschlug, fragte er sich als Erstes, wo er war. Er lag auf einer Trainingsmatte, schaute in eine flackernde Neonleuchte und fühlte sich matt und erschlagen. Er wollte sich aufsetzen, aber der dumpfe Schmerz in seinem Unterleib ließ ihn zurücksinken. Am liebsten hätte er sich übergeben. Was war geschehen?

Mühsam versuchte er, sich zu erinnern. Sein Kopf fühlte sich an wie unter Wasser. Langsam kamen Bilder zurück, da war der Pool, die Lady, Dave. Was ist das für ein Raum? Wie kam er hierher? Er versuchte sich zu orientieren. Als er sich vorsichtig aufsetzte, verstärkte sich der Schmerz. Er sah sich um. Der Raum war gut vierzig Quadratmeter groß und circa zwei Meter achtzig hoch. Es musste sich um einen Kellerraum handeln, denn die zwei schmalen Fenster stießen oben direkt an die Decke und führten auf einen Schacht hinaus. Eines der Fenster war gekippt. Dennoch erschien ihm die Luft stickig und ein unangenehmer Geruch nach Schweiß, Urin und Körperausdünstungen lag wie eine schwere Wolke im Raum. Überall standen Fitnessgeräte herum. Rudergerät, Hantelbank, Crosstrainer und Beinpresse, all das löste die Erinnerung an Daves muskulösen Oberkörper aus. Auf dem Boden lagen Hanteln und ein Pezziball setzte sich in Bewegung, als Tobias sich umdrehte und daran stieß. An einer Holzleiste hingen ein Springseil und verschiedenfarbige Therabänder. Eine neue Sprossenwand, noch halb im Karton verpackt, lehnte am rückwärtigen Teil des Raumes. Überall lagen fleckige Handtücher herum.

Hinter ihm stöhnte Robin leise. Er lag auf dem Bauch. An den Innenseiten seiner Schenkel waren dunkle Flecken und unter ihm eine helle Pfütze. Philip krümmte sich mit angezogenen Beinen in einer Ecke. Obwohl er die Augen offen hatte, rührte er sich nicht.

Ihre Kleidung lag achtlos hingeworfen neben der Tür.

„Phil?", flüsterte Tobias.

„Ja?"

„Was ist passiert?"

„Ich weiß es nicht. Ich weiß nur, dass mir übel ist. Ich hätte den Caipirinha nicht trinken dürfen."

„Was machen wir jetzt?"

„Ich weiß nicht." Philip, der sich kurz aufgerichtet hatte, ließ sich wieder sinken.

Tobias stand langsam auf, ging zur Tür und versuchte vorsichtig, die Klinke zu drücken. Abgeschlossen!

„Wir müssen hier raus!" Tobias klaubte seine Sachen vom Boden auf und zog sich an. Einige Kleidungsstücke warf er zu Philip hinüber.

Dann ging er zu Robin.

„Rob, steh auf."

„Aah!"

„Robin!" Als Tobias versuchte, Robin herumzudrehen, stöhnte dieser so laut, dass Tobias befürchtete, Dave oder die Lady könnten sie hören.

„Phil, zieh dich an, bitte."

Philip hatte sich noch nicht gerührt. Als er erneut angesprochen wurde, schaute er auf.

„Ich bin total fertig. So habe ich mich noch nie gefühlt, bloß weil ich zu viel getrunken habe."

„Mir geht es genauso. Ich weiß nicht, was das zu bedeuten hat, aber der Raum ist abgeschlossen und ich will hier raus."

Tobias holte aus der Seitentasche seiner Hose das Handy hervor.

„Mist, kein Empfang." Er stöhnte.

Philip suche ebenfalls nach seinem Handy.

„Bei mir auch nicht", sagte er. „Und der Akku hat keinen Saft. Weißt du, wie die Straße hier heißt?"

„Nein, keine Ahnung. Komm, wir müssen schauen, dass wir hier rauskommen."

Mit einem Dudelton ging Philips Handy aus.

„Bevor hier Hilfe kommt, hat dieser Dave uns gehört. Außerdem … wie sollen wir erklären, was wir hier machen?"

„Wir finden einen Weg", sagte Tobias und bemühte sich optimistisch zu klingen.

„Ich brauche deine Hilfe", setzte er hinzu.

Mühsam kam Philip auf die Beine und begann, sich anzuziehen. Tobias sprach leise auf Robin ein. Der öffnete die Augen und starrte Tobias an, als kenne er ihn nicht.

„Phil, du musst mir helfen Rob anzuziehen."

Gemeinsam zogen sie Robin an, der sich wie eine Gliederpuppe bewegen ließ und geistig nicht anwesend zu sein schien.

„Wie kommen wir hier raus? Die Tür ist abgeschlossen."

„Durchs Fenster?"

„Wie sollen wir daran kommen? Schau mal, wie hoch die Fenster sind."

Sie schauten sich im Raum um.

„Die Sprossenwand!"

Sie packten die Sprossenwand aus dem Karton und lehnten sie gegen die Wand unter eines der Fenster. Hektisch kletterte Philip daran hoch, doch bevor er das Fenster erreichte, rutschte die Sprossenwand auf dem glatten Holzboden weg und donnerte herunter. Mit beiden Händen hatte er sich an den Sprossen festgehalten, und als er jetzt auf dem Boden aufschlug, jaulte er vor Schmerz. Zum Glück waren die Seitenteile dicker als die Sprossen, sonst hätte er sich vermutlich die Finger gebrochen. Erschrocken blickten sich die beiden an und wagten nicht zu atmen, aus Angst, dass der Lärm sie verraten würde. Als sie sich beruhigt hatten, trat Tobias zu Philip und sagte: „Hör zu, Phil. Wenn wir hier raus wollen, dürfen wir nichts Unüberlegtes tun. Es reicht mir, dass Rob nicht zurechnungsfähig ist. Dich brauche ich aber."

Philip nickte.

„Gut, wir nehmen eine Trainingsmatte und legen sie unter. Die verhindert, dass die Sprossenwand wegrutscht."

Als sie das getan hatten, prüfte Tobias die Standfestigkeit der Sprossenwand, bevor er zum Fenster hochkletterte. Das Fenster war gekippt, ließ sich jedoch nicht komplett öffnen.

Er riss daran – nichts passierte. Philip fand einen dreißig Zentimeter langen Winkelschlüssel, wie er zum Einstellen der Fitnessgeräte gebraucht wurde.

„Versuch es hiermit. Vielleicht lässt sich das Fenster ausheblen."

Tobias steckte das Werkzeug in den Spalt zwischen Fenster und Rahmen und führte es so weit nach unten, wie es nötig war, um die beste Hebelwirkung zu erzielen. Zum Glück gab es keine Fensterlaibung; stattdessen war das Fenster plan zur Wand eingebaut. Tobias drückte mit aller Kraft gegen den Hebel. Nach einigen Versuchen löste sich eines der beiden Scharniere und er setzte den Hebel auf der anderen Seite des Fensters an. Tobias Herz begann zu rasen, als das Fenster mit lautem

Geräusch zu Boden fiel. Er legte, zu Philip gewandt, den Finger auf die Lippen und horchte, doch außer seinem wild klopfenden Herz bemerkte er nichts. Als er sich beruhigt hatte, untersuchte er den Schacht vor dem Fenster. Er war groß genug, um hindurchzuschlüpfen. Obendrauf lag ein Gitterrost. Er stieg noch eine Stufe höher und drückte mit der Hand gegen den Rost. Es dauerte eine Weile, bis er nachgab und Tobias ihn beiseiteschieben konnte. Er atmete auf und stieg von seiner improvisierten Leiter herunter, um sich mit Philip zu beraten.

„Wir können da raus. Aber was machen wir mit Rob?"

Beide schauten zu Robin hin, der ihnen mit großen Augen zusah.

„Wir machen es so: Du gehst zuerst. Wenn du draußen bist, helfe ich Rob von hier hoch und du ziehst ihn oben raus. Er ist ziemlich neben der Spur, er schafft das nicht allein. Ich komme nach."

Philip war einverstanden. Er rieb sich die Finger, die angeschwollen waren, ließ sich jedoch nichts anmerken. Er stieg hoch und schob sich durch den Schacht nach oben, während Tobias ihm von unten Hilfestellung gab. Es dauerte Sekunden und er stand draußen. Mit Robin war es schwieriger. Er wirkte desorientiert und hatte offensichtlich Schmerzen. Langsam kletterte er Sprosse für Sprosse hoch und wusste nicht, wie er durch den Schacht gelangen sollte. Obwohl er kleiner und schlanker war als Philip, schien es, als passe er nicht hindurch. Auf Anweisungen reagierte er zögernd oder gar nicht. Schließlich stieg Tobias neben ihm auf die Leiter, drehte ihn in die richtige Lage und schob seine Arme nach oben, sodass Philip sie fassen konnte. Von unten hob er Robins Gesäß an.

Als Robin draußen war, schaute Tobias noch mal in den Raum. Sein Blick fiel auf das Springseil an dem Haken. Beim Klettern hatte er stets Seile dabei. Vielleicht kann ich es gebrauchen, dachte er und steckte es in eine der großen Seitentaschen seiner Hose. Er stieg die Sprossenleiter nach oben und hievte sich mit Philips Hilfe nach draußen.

Als sie dicht an die Hauswand gedrängt im Freien standen, mussten sie erst Luft schöpfen. Alles war still. Sie standen an der Seite des Hauses, die Rasenfläche lag hell vom Mond beleuchtet vor ihnen. Wenn sie hier herumliefen, wären sie vom Haus aus gut zu sehen. Tobias Blick suchte die Umgebung ab. Ihm gegenüber lag die Mauer, über die sie gekommen waren. Er erkannte es an den überhängenden Klettergewächsen. Letzte Gewissheit gab ihm die kleine dunkle Tür hinten in der Mauer. Das bedeutete, dass links um die Ecke der Swimmingpool lag. Wenn er nach rechts schaute, sah er die Mauer in einiger Entfernung hinter Bäumen verschwinden. Dort musste die Straße sein.

„Ich will weg", jammerte Robin.

Tobias bedeutete Robin, still zu sein.

„Wir müssen über die Mauer. Es gibt keine andere Möglichkeit, wir müssen an den Kletterpflanzen hinauf! Schaffst du das, Rob?"

„Ja!"

Tobias schaute Robin prüfend an. Hoffentlich schafft er es, dachte er. Von hier bis zur Mauer waren es schätzungsweise achtzig Meter.

„Hört zu! Wir müssen so schnell wie möglich zur Mauer laufen. Dahinten ist die Holztür. Ein paar Meter rechts davon sind wir über die Mauer gekommen. Ihr seht den dicken Ast der Kletterpflanze, der dort rübergewachsen ist? Daran klettern wir hoch. Die Reihenfolge wie vorhin. Keiner springt von der Mauer, bevor nicht alle oben sind. Verstanden?"

„Ja."

„Gut, wir halten uns an den Händen fest und laufen. Los!"

Kaum waren sie losgelaufen, erfasste sie ein Bewegungsmelder und Scheinwerfer tauchten alles im Umkreis von dreißig Metern in gleißendes Licht. Robin wurde langsamer und drehte sich um.

„Weiter!"

Wir müssen die Mauer erreichen, dachte Tobias. Er und Philip liefen ohne Zögern weiter. Gemeinsam schleppten sie Robin mit. Es kam ihnen schrecklich lang vor, bis sie aus dem Lichtkreis der Scheinwerfer herauskamen und sie hatten nicht einmal die Hälfte geschafft. Achtzig Meter können auch für trainierte junge Männer eine lange Strecke sein. Atemlos erreichten sie die Kletterpflanze. Offenbar hatte niemand im Haus sie bemerkt. Tobias bedeutete den beiden anderen, innezuhalten. Sie standen jetzt im Schatten der Mauer, was ihnen ein besseres Gefühl gab. Fast hatten sie es geschafft. Sie brauchten nur noch das letzte Hindernis zu überwinden.

Sie blieben eine Weile dort stehen, bis sich Atem und Pulsschlag normalisiert hatten. Dann machten sie sich bereit. Tobias formte seine Hände zu einer Räuberleiter und Philip griff nach dem überhängenden Ast der Kletterpflanze, während er in Tobias' verschränkte Hände stieg. Als er versuchte, sich an der Pflanze hochzuziehen, brach der trockene Ast an der Kante der Mauer und Philip, der drohte die Balance zu verlieren, sprang ab.

„Mist! Was machen wir jetzt?"

„Das sieht nicht gut aus. Schau dir das an, der Ast hält nicht mehr. Wir müssen eine andere Möglichkeit suchen."

„Was ist mit der Holztür? Möglicherweise lässt sie sich von innen öffnen."

Philip lief im Mondschatten der Mauer bis zur Holztür.

Die Tür war tief in die breite Mauer eingelassen. In der Dunkelheit dieser Türöffnung konnte Philip wenig erkennen. Mit den Händen tastete er den Rand und die Türzarge ab, in der Hoffnung, eine Verriegelung zu finden. Tobias war ihm gefolgt. Er stand neben Philip und seine Hände glitten über das unebene, raue Eisen, er konnte die offenen Poren des Holzes spüren. Und da die Klinke! Zentimeter unter dem Türgriff, der ohne Beschlag aus dem Holz zu kommen schien, erspürte er ein Schlüsselloch.

„Hier ist kein Riegel. Die Tür ist mit einem Schlüssel verschlossen. Hast du ein Messer?"

„Nein."

Philip versuchte, sich mit der Schulter dagegenzuwerfen.

„Hör auf damit! Du machst zu viel Lärm."

Wie zur Bestätigung war Hundegebell zu hören, das sie zusammenfahren ließ. Es hielt kurz an. Dann war es wieder still.

Tobias schaute an der Mauer entlang, bis zu der Gruppe von Laubbäumen an der Grundstücksgrenze, deren Äste über die Mauer auf die Straße hinausragten.

„Wir versuchen es dort drüben bei einem der Bäume."

Es war ein weiter Weg bis dorthin und sie hielten sich dicht bei der Mauer, dort, wo das Mondlicht und der Bewegungsmelder sie nicht erfassten. Es dauerte, bis sie die Baumgruppe erreichten. Dort hatten sie Glück. Ein alter Ahorn hatte einen tiefhängenden kräftigen Ast, der dicht über der Mauer auf die andere Seite hinüberwuchs. Tobias holte das Springseil aus seiner Hosentasche. Nach einigen Versuchen gelang es ihm, das Seil über den Ast zu werfen. Die Enden knotete er unten fest zusammen, sodass eine Schlaufe entstand.

„Ich mache wieder eine Räuberleiter", sagte er zu Philip. „Du steigst in meine Hände und dann in das Seil. Das reicht, damit du dich auf den Ast hochziehen kannst."

„Und Rob?"

Beide schauten auf Robin. Die frische Luft und das Laufen hatten ihm offenbar gutgetan.

„Ich schaffe das", sagte er.

Wie beim Ausstieg aus dem Kellerfenster ging bei Philip alles schnell und problemlos. Geschickt zog er sich erst auf den Ast und dann auf die Mauer hoch. Robin brauchte mehrere Ansätze, bis er einen Fuß in die Schlinge gesetzt hatte. Er konnte nur mit Philips Hilfe auf die Mauer klettern. Zum Glück war Philip kräftig genug, um ihn zu halten, sodass er nicht herunterstürzte.

„Was ist mit dir?", Philip schaute auf Tobias hinunter.

„Ich glaube, ich schaffe es, an der Mauer hochzuklettern. Es gibt genug Griffe und Gesimse. Für alle Fälle zieh bitte das Seil bis an die Mauer heran. Vielleicht

brauche ich es." Tobias' Blick glitt über die groben Stein-
quader mit ihren Vorsprüngen und die Löcher in den
Fugen. Er fand eine geeignete Kletterroute und begann
mit dem Aufstieg. Es dauerte weniger als eine Minute,
bis er sich auf die Mauerkrone hinaufzog. Endlich! Sie
hatten es geschafft. Nacheinander sprangen sie, sich an
Ästen festhaltend, um den Sprung zu dämpfen von der
Mauer und landeten in dem kleinen Graben neben der
Straße.

„Autsch."

„Still!"

„Mein Fuß. Oh, das tut weh." Robin krümmte sich vor
Schmerzen. Beim Sprung in den Graben hatte er sich
obendrein den Fuß verletzt. Damit konnten sie sich jetzt
nicht aufhalten.

„Los, hier lang."

Dicht an der Mauer bewegten sie sich vorwärts. Da
sie im Graben entlangliefen und in der Finsternis nichts
sehen konnten, kamen sie nur stolpernd voran. Tobias
merkte, dass Robin bei jedem Schritt ein Stöhnen unterdrückte, und schob ihn vor sich her, um ihn nicht zu verlieren.

„Hier ist das Gittertor. Achtung, gleich erfasst uns der
Bewegungsmelder."

„Hört mal. Das Tor ist auf der falschen Seite."

„Wie meinst du das?"

„Vorhin war es rechts, als wir von der Hauptstraße
kamen. Jetzt ist es wieder rechts. Das kann nicht sein."

„Verdammt, wir laufen in die falsche Richtung. Also
zurück!"

Robin stöhnte auf. „Ich kann nicht mehr laufen. Mir
tut alles weh." Er griff in die seitliche Tasche seiner

Cargohose. Als Tobias das Display des Handys aufleuchten sah, riss er es Robin aus der Hand. "Willst du unbedingt auf uns aufmerksam machen?"

„Ich will ein Taxi rufen. Ich will weg hier."

„Und wohin willst du das Taxi bestellen? Weißt du, wie diese Straße hier heißt, du Blödmann? Warte, bis wir an der Hauptstraße sind, dann kannst du alle Taxis dieser Welt rufen, wenn du willst."

Robin grummelte verärgert vor sich hin. Gemeinsam stolperten sie jetzt in die entgegensetzte Richtung.

Sie kamen in die Nähe einer Toreinfahrt, bemerkten es rechtzeitig und wechselten die Straßenseite, um auf der gegenüberliegenden Seite weiterzulaufen. In dieser Gegend waren an jedem Tor Bewegungsmelder.

Hin und wieder konnten sie gedämpfte Geräusche der Hauptstraße wahrnehmen, ein entferntes Hupen, den getunten Auspuff eines Motorrads. Und dann ... ein anderes Geräusch. Vor ihnen auf der dunklen Straße waren Schritte zu hören. Jemand pfiff vor sich hin. Sie standen in dem knietiefen Graben dicht beieinander unter dem niedrig hängenden Ast einer großen Eiche, der ihnen Sichtschutz bot. Schräg vor ihnen auf der Straße war ein heller Fleck, wo das Mondlicht zwischen dem dichten Laubwerk der alten Bäume hindurch die ansonsten dunkle Straße beleuchtete. In diesen Lichtfleck trat der Schatten einer Gestalt ein.

„Mein Gott, ich glaub es nicht. Das ist Mirko. Dem werde ich jetzt was erzählen!"

„Nein, warte. Bleib hier." Robin wollte Tobias am Arm festhalten, aber dieser meinte, kaum entkommen, wieder Herr der Lage zu sein. Außerdem wollte er sich nicht anmerken lassen, welche Ängste er noch vor Kurzem ausgestanden hatte.

Mit einem tiefen „Huhu, huuuh" und mit erhobenen Armen trat er auf Mirko zu.

„He, was machst du hier?" Mirko zog die Augenbrauen hoch und beäugte Tobias, der vor ihm stand wie ein Affe, der mit beiden Armen und angezogenen Beinen an einem Ast hängt. Mirko tat, als musterte er Tobias wie ein seltsames, jedoch ungefährliches Tier von allen Seiten. „Gibst du hier den Dämon, der aus der Dunkelheit kommt?"

Tobias wusste nicht gleich, was er als Nächstes sagen sollte und spielte weiter den Affen.

„Sag, was macht ihr hier?", fragte Mirko, der jetzt die beiden anderen entdeckt hatte.

„Du hast uns eine Party versprochen, mit Mädchen und Pool und coolen Drinks."

Mirko kaute lässig auf einem Kaugummi und grinste. „Ihr wollt eine Party haben?"

„Ja, wo ist die Party, von der du gesprochen hast? Warum hast du uns hierher geschickt?" Tobias ärgerte sich über Mirkos Grinsen, das breiter wurde und zwei Reihen ebenmäßiger Zähne freilegte, die hell in dem spärlichen Licht leuchteten.

„Also, verrätst du es uns? Wo steigt die Party?"

Mirko schaute und grinste. Breiter konnte sein Grinsen nicht werden. Trotz entblößter Zähne schaffte er es, seinen Kaugummi von der rechten Backe in die linke zu schieben.

„Warum fragst du immer, wo die Party ist? Frag doch mal, wann die Party steigt."

„Was?" Tobias war irritiert und ihn beschlich eine Ahnung. Hinter sich hörte er Robins Stöhnen. „Was meinst du mit wann?"

„Du hast nicht zugehört in der Disco, als ich dir sagte, dass wir eine Party machen wollen. Und die findet morgen statt."

„Wie? Nicht heute?"

„Nein, morgen. Morgen habe ich das Haus für mich. Mein Bruder reist morgen früh ab. Dann kann ich machen, was ich will."

„Dein Bruder? Wegen dem kannst du heute keine Party feiern?"

„Eigentlich ist er mein Stiefbruder. Er ist … naja, es ist nicht wegen ihm, sondern wegen seinem Freund. Der besorgt mir Shit, das ist okay. Ansonsten gehe ich ihm lieber aus dem Weg. Außerdem hat es Probleme gegeben, wenn ich Leute mitgebracht habe."

„Probleme? Was für Probleme?"

„Ach, ich weiß nicht." Mirko trat von einem Bein auf das andere und schaute zur Seite. Sein Grinsen war verschwunden. „Freunde von mir haben merkwürdige Geschichten über ihn erzählt. Ich weiß nicht, was ich glauben soll. Mein Bruder ist eigenartig, aber in Ordnung. Seinem Freund traue ich lieber nicht über den Weg. Es ist besser, wenn ihr ihm nicht begegnet. Kommt morgen wieder vorbei. Sobald es beginnt, dunkel zu werden, steigt die Party. Der Pool ist beleuchtet und es sind nette Mädchen da. Für Getränke ist gesorgt. Ach übrigens, ihr müsst in diese Richtung gehen, dann kommt ihr an ein schmiedeeisernes Gittertor. Das Tor wird offen sein." Er wies mit dem Arm in die Richtung, aus der sie kamen.

Mirko knuffte Tobias mit der Faust in den Oberarm. „Wir sehen uns", sagte er und ging weiter.

DER FREMDE IN WOLFENBÜTTEL

Eigentlich war meine Fahrt nach Wolfenbüttel völlig unspektakulär. Eigentlich! Es waren wenige Fahrzeuge unterwegs und ich hatte bestes Reisewetter.

Obwohl ich freie Fahrt hatte, merkte ich, dass ich langsam fuhr. Mit 70 dümpelte ich auf der rechten Fahrbahnseite vor mich hin, bis mich ein wütender LKW-Fahrer mit seiner Hupe aus meiner Lethargie riss.

Machte ich an einer Raststätte eine Pause, musste ich mich zur Weiterfahrt zwingen. War ich zurück auf der Bahn, überkam mich erneut der Wunsch nach einer Rast.

Es war, als wäre ich mit einem unsichtbaren Gummiband mit Köln verknüpft, das sich straffer spannte und mich umso stärker zurückhielt, je mehr ich mich meinem Ziel näherte.

Nur meiner strengen Disziplin war es zu verdanken, dass ich rechtzeitig ankam.

Als ich auf den Parkplatz einbog, begann es zu dämmern und eine schwere Regenwolke kündigte das Ende des schönen Wetters an.

Wenige Minuten später stand ich an der Rezeption. Die Dame hinter der Theke, die ich von früheren Seminarterminen als eine freundliche Person kannte, lächelte mich seltsam an. Ein Lächeln, das ein leichtes Unbehagen bei mir auslöste.

Möglicherweise lag es an der Atmosphäre des Raumes. Abgesehen vom Rezeptionsbereich lag die Lounge mit den kleinen Sesseln und Tischen im Halbdunkel. Durch die schmalen, bodentiefen Fenster fiel ein merkwürdiges Zwielicht in den Raum und erzeugte tiefe Schatten in den Ecken.

Die Frau an der Rezeption fragte nach meinem Namen. Sie beugte sich tief über ein Blatt, das ich wegen der hohen Theke nicht sehen konnte. Sie ging die Namensliste durch. Unter der Theke war ein Licht angebracht, um den Arbeitsplatz dahinter zu beleuchten. Dieses Licht strahlte das Gesicht der Frau von unten an, was ihm einen fratzenhaften Ausdruck verlieh. Dieser Eindruck verstärkte sich, als sie meine Zimmernummer nannte und mich ansah, ohne den Kopf zu heben. Dieser Blick von unten nach oben, die starken Schatten, die das Licht auf ihr Gesicht warf, erzeugte in mir eine Vision. Ich sah ihr Gesicht rot werden, aus ihrem Kopf wuchsen zwei gekrümmte Gebilde heraus und die gesamte Gestalt erschien tiefdunkel.

Es dauerte eine Sekunde, dann war es vorbei. Sie richtete sich auf, reichte mir den Schlüssel und ich wandte mich zum Ausgang.

„Ich wünsche Ihnen einen schönen Aufenthalt", hörte ich sie hinter mir sagen. Sofort rollte ein kalter Schauer meinen Rücken hinunter. Von den aufgestellten Nackenhaaren bis tief zum letzten Lendenwirbel. Ich horchte dem Klang der Stimme nach. Suchte nach einem versteckten Unterton, ich konnte jedoch nichts ausfindig machen. Auch die gesprochenen Worte klangen normal und belanglos.

Ich flüchtete zum Aufzug. Hier fiel mir auf, dass ich noch keinen der anderen Seminarteilnehmer gesehen hatte. Sie sollten alle um diese Zeit hier eintreffen.

Im dritten Stock, in dem mein Zimmer lag, hörte ich hinter keiner der Türen ein Geräusch. Lediglich meine Schritte auf dem knarzenden Holzboden waren deutlich vernehmbar.

Als ich mein Zimmer betrat, war ich verwundert, dass ich zwei Betten vorfand. Das musste ein Irrtum sein! Ich hatte ein Einzelzimmer gebucht! Vorsichtshalber schaute ich mich um, ob ich Gegenstände einer fremden Person entdeckte. Doch ich bemerkte nichts.

Ich begann meine Sachen auszupacken, stellte Zahnbürste und Rasierzeug auf die Ablage im Bad und zog mir die Jacke an, um rechtzeitig zum Seminar zu kommen, als mein Blick auf das hintere Bett fiel. Meine Augen wanderten von dem einen Bett zum anderen. Beide waren frisch gemacht, die Decken sorgfältig zusammengelegt, die Kissen aufgeschlagen – nein, nur ein Kissen war aufgeschlagen. Das andere sah aus wie benutzt, mit einer Kuhle in der Mitte, als wenn sich dort noch vor Kurzem jemand ausgeruht hätte.

Beunruhigt schaute ich mich genauer um und beschloss, in den beiden Schränken nachzusehen. Der, welcher bei dem hinteren Bett stand, war verschlossen. Es blieb keine Zeit nachzudenken, ich wollte den Seminarbeginn nicht verpassen.

Das Seminar verlief normal. Ich wunderte mich allerdings, keine der mir vertrauten Personen anzutreffen. Ich hatte erwartet, die Teilnehmer aus den früheren Seminaren wiederzusehen.

Die übrigen Teilnehmer schienen in anderen Häusern untergebracht zu sein, denn als der erste Seminarabend gegen 22 Uhr zu Ende ging, waren alle schnell verschwunden und ich spazierte allein durch die verlassenen Straßen des Städtchens zu meiner Unterkunft.

Zurück im Gästehaus war der Aufzug defekt und ich musste bis in den dritten Stock zu Fuß. Mein Herz schlug heftig, als ich mich meiner Zimmertür näherte und meine Hand zitterte leicht, als ich den Schlüssel ins Schloss steckte. Was würde mich drinnen erwarten? Die Tür ließ sich problemlos öffnen, kein zweiter Schlüssel, der das Schloss von innen blockierte. Im Zimmer traf ich niemanden an.

Doch halt … da war etwas, als ich an der offenen Tür des Badezimmers vorbeikam. Ich ging zurück und machte Licht. Der Toilettendeckel! Ich lasse niemals den Toilettendeckel offenstehen, das finde ich unästhetisch. War ich vorhin so in Eile? Ich schüttelte den Gedanken ab, ich war zu müde.

Ich löschte das Licht, kroch unter die Decke und lag eine Weile mit offenen Augen. Von draußen drang das schwache Leuchten der Straßenlaternen ins Zimmer.

Das Scheinwerferlicht eines vorbeifahrenden Autos wanderte über die Zimmerdecke und ein Schatten legte sich auf das fremde Bett. Im letzten Schein dieser Lichtquelle blitzte ein Bild vor mir auf und ich sah ihn dort liegen, groß und dunkel und reglos. Ich schloss die

Augen, um das Bild zu vertreiben, und tatsächlich verschwand es und machte einer anderen Wahrnehmung Platz. Ich horchte auf die Geräusche im Raum. Am Fenster zog leise und rhythmisch ein Wind vorbei, vermischte sich mit Atemzügen. Ich selbst atmete schwer, ich litt seit Jahren an blockierter Nasenatmung und Schlafapnoe.

Nach einer Weile musste ich eingeschlafen sein. Das Nächste, an das ich mich erinnere, ist, dass ich tief in der Nacht schweißgebadet aufwachte. Ein gurgelndes Atemgeräusch hatte mich aus dem Schlaf gerissen. Lange saß ich aufrecht im Bett, starrte hinüber zum Nachbarbett. Nichts war dort zu erkennen. Es war zu dunkel. Die Straßenlaternen waren ausgeschaltet worden und einen Mond schien es in dieser Nacht nicht zu geben. Ich fühlte meine heiße Stirn und meine brennenden Augen und meine Gedanken kreisten, bis ich schließlich ermattet zurücksank.

In der Frühe weckte mich ein Geräusch. Ein leises Klicken, wie eine Tür, die langsam ins Schloss fällt. Erstes Licht einer aufgehenden Sonne strahlte durch die Fenster. Ich schaute hinüber zu dem anderen Bett. Es war leer.

Ich erhob mich. Meine Glieder schmerzten fürchterlich. Als ich meine berstende Stirn in die Handflächen legte, glühte sie. In diesem Zustand konnte ich kein Seminar durchstehen. Ich beschloss abzureisen. An der Rezeption würde ich eine Nachricht hinterlassen:

„Abgereist wegen Krankheit."

Eine halbe Stunde später stand ich mit dem Koffer in der Hand bei der Tür. Meine Ängste der letzten Nacht erschienen mir bei Tageslicht wie ein Fiebertraum, eine

Fantasie aus einer anderen Zeit. Ich schickte einen letzten Kontrollblick durch das Zimmer, ob nichts liegen geblieben sei. Schaute ein letztes Mal hinüber zu dem fremden Bett.

Da – die Kuhle im Kopfkissen! Sie war ein Stück tiefer als am Abend zuvor und an der zusammengelegten Decke lag ein Zipfel nicht so ordentlich, wie es sein sollte.

Das war gestern noch nicht!

Da war ich mir sicher!

VELUTHAS GESCHICKE

Velutha Krishan Chandan war mit dem Widerspruchsgeist eines Revoluzzers geboren worden. Von wem er das hatte, konnte in seiner Ahnenreihe nicht ausfindig gemacht werden. Niemand in seiner Familie neigte dazu, die gegebenen Umstände in Zweifel zu ziehen.

Möglicherweise war er intelligenter als die anderen in seiner Familie, dafür fehlte es ihm an Demut.

Velutha zeigte bereits als Kind eine Neigung zu Höherem. Und was er in der Schule lernte, war vor allem, dass es in der Geschichte des Landes Menschen gab, die aus den untersten Gesellschaftsschichten ganz nach oben gestiegen waren. Allerdings kam Velutha über die Primary School nicht hinaus. Seine Lehrer waren der Meinung, dass ein Aufstieg für ihn mangels Begabung nicht infrage käme.

Davon ließ er sich seinen Traum nicht zerstören.

Dass er in der Schule von den anderen Kindern wegen seiner Herkunft gemieden wurde und abseits sitzen musste, bestärkte seine trotzige Haltung und sein Verlangen, die Situation zu ändern.

Aber vorerst blieben ihm die Möglichkeiten versagt. Obwohl er sich weigerte, den Beruf seines Vaters als Latrinenputzer anzutreten, gelang ihm zunächst kein Aufstieg in eine bessere Gesellschaft. Vielmehr brachte ihm der Bruch mit den Traditionen viel Ärger ein. Nie hatte sich in seiner Familie ein Sohn geweigert, den Beruf des Vaters zu übernehmen.

Er verließ das Elternhaus früh, schlug sich mit Gelegenheitsdiebstählen durch und versuchte es als Bettler.

Wenn er als Blinder durch die Straßen von Raipur schlurfte, waren es die Touristen, bei denen er Mitleid erregen konnte. Jedoch nicht die paar Rupien, die ihm die Fremden zusteckten, halfen ihm zu überleben, sondern die geschickten Griffe in die Taschen dieser Leute, die ihn für hilflos hielten.

Auf diese Weise gelang es ihm eines Tages, einen Aktenkoffer an sich zu bringen, in dem er ein wertvolles elektronisches Gerät vermutete, in dem er jedoch später – weit weg vom Ort des Diebstahls entfernt – dicke Stapel mit Geldscheinen fand. Keine Rupien, sondern begehrte Dollars.

Da schien sich das Blatt zu wenden.

Er konnte sein Glück kaum fassen. Er hielt es für einen Wink seines Karmas, dass sich ihm hier die Gelegenheit bot, seinem kastenlosen Stand zu entkommen. Schnell reifte in Velutha ein Plan, der ihm genial erschien. Er brauchte keinen höheren Bildungsabschluss! Was er brauchte, war ein anderer Name. Ein Name, der ihn als Angehörigen einer höheren Kaste auswies.

Tagelang wartete er vor dem weißen Verwaltungsgebäude von Raipur, bis es ihm gelang, zu einem Beamten vorzudringen.

Obwohl Velutha den Mann auf Anhieb nicht mochte, konnte er froh sein, genau an diesen geraten zu sein. Ein Quoten-Dalit, der es in die Verwaltung geschafft hatte. Einer, der wie er aus den untersten Gesellschaftsschichten kam, und mit ein paar Dollars zu beeindrucken war.

„Sie brauchen eine neue Urkunde?", fragte der Mann, ohne Velutha anzusehen. Er interessierte sich mehr für sein in Pergament eingewickeltes Paratha.

Velutha nickte.

„Das dauert", sagte der Mann und machte eine Handbewegung, die bedeuten sollte, dass Velutha verschwinden solle.

Velutha blieb.

Langsam schob er dem Mann ein sorgfältig eingeschlagenes Päckchen über den Tisch. Er beglückwünschte sich dafür, dass er zum Einwickeln ebenfalls ein Pergamentpapier gewählt hatte.

Mit unbeweglicher Miene wog der Mann das Päckchen, betastete es mit den Fingern, als wolle er die Anzahl der Scheine darin abschätzen und ließ es ungeöffnet in die Schublade seines Schreibtischs fallen.

„Gut", sagte der Mann, „kommen sie morgen wieder. Heute kann ich nichts machen."

Leise gab Velutha dem Mann zu verstehen, dass dieser mit einem zweiten Päckchen rechnen könne, sobald er das begehrte Dokument in Händen hielte.

Er war sich darüber im Klaren, dass dies eine riskante Operation war. Wer weiß, ob er nicht überfallen würde,

wenn er erneut mit einem Packen Geldscheine auf-
tauchte. Es könnte ihm jemand folgen, oder er würde
anderntags vor der Behörde abgefangen. Vertrauens-
würdig sah der Mann hinter dem Schreibtisch nicht aus.
Und wenn jemand wie Velutha plötzlich verschwand,
wen würde das interessieren?

Doch ohne Risiko erreicht man kein Ziel.

Letztendlich musste Velutha noch weitere Male vor-
sprechen und dem Mann Päckchen bringen, die er ihm
wie ein mitgebrachtes Paratha über den Tisch reichte,
bis sich seine Beharrlichkeit auszahlte.

Nachdem Wochen später das vorläufig letzte Bündel
eingewickelter Scheine in der Schublade des Beamten
verschwunden war, schaute dieser kurz auf und fragte:
„Welchen Namen soll ich eintragen?"

In diesem Moment bemerkte Velutha, dass er noch
keine konkrete Idee hatte, wie sein neuer Name lauten
sollte. Er wollte nur den Namen loswerden, der ihm von
Geburt an anhaftete, wie ein Stück Dreck. Ein Name, der
ihn immer dort hin verweisen würde, wo er herkam. In
diesem Augenblick erinnerte er sich, wie er vor ein paar
Jahren wegen eines kleinen Diebstahls von einem
Richter gemaßregelt worden war, warum er nicht, wie
es üblich sei, den Beruf seines Vaters ausüben würde,
statt andere Menschen zu bestehlen. Diese Bemerkung
hatte Velutha sehr verärgert und deshalb hatte er den
Namen dieses Mannes präsent.

Angawar oder Aggarwal hieß der Richter. Hinzu
kam, dass der erste Vorname dieses Richters mit dem
zweiten Vornamen von Velutha übereinstimmte. Und

deshalb kombinierte Velutha den gemeinsamen Vornamen mit dem Nachnamen des Richters.

„Ich heiße Velutha Krishan Aggawal", sagte er.

In Indien schwitzt man seine Herkunft aus jeder Pore aus. Deshalb schaute der Beamte Velutha ungläubig an, als er einen Namen nannte, den der Beamte, wie es schien, nicht für passend hielt.

Nachdem Velutha mit dem größtmöglichen Selbstvertrauen nickte und ein letztes Pergamentpäckchen über den Tisch in die Schublade fiel, beugte sich der Mann über das Dokument und trug sorgfältig die ihm genannten Daten ein.

Es vergingen keine drei Monate, bis das Schicksal Velutha erneut den Ball zuspielte.

Es war ein Glück, dass Velutha lange genug zur Schule gegangen war, um Lesen und Schreiben zu können. Sonst wäre ihm die Zeitungsnotiz über den Flugzeugabsturz nicht aufgefallen. Und die bedauernden und tränentriefenden Nachrufe auf den bekannten Richter, dessen Namen er seit Kurzem trug und über den er erfuhr, dass er mit Frau und zwei Söhnen in diesem Flugzeug gesessen hatte und man nach weiteren Angehörigen suchte, die ein reiches Erbe antreten konnten.

Zunächst besorgte sich Velutha bessere Kleidung und suchte einen teuren Friseur auf. Einem Geschäftsmann in einem Restaurant stahl er eine Brille und eine lederne

Aktentasche, die ihm, wie er glaubte, ein seriöses Aussehen verliehen, und machte sich mit seiner neuen Urkunde erneut auf den Weg zu einer Behörde, wo er dieses Mal dank des Namens, mit dem er sich vorstellte, keine langen Wartezeiten in Kauf nehmen musste.

Dort stellte sich heraus, dass er nicht der Einzige war, der Anspruch auf den Besitz des verstorbenen Richters erhob und alle vorgeblichen Erben konnten nahezu identische Dokumente vorlegen. Unter ihnen war der Beamte, der nicht nur Veluthas Dollars entgegengenommen, sondern, wie es aussah, auch seine Idee kopiert hatte.

Das erschwerte die Angelegenheit und führte zu langwierigen Streitigkeiten zwischen Velutha und der Behörde einerseits und den anderen Erbanwärtern andererseits. Die Behörde gab an, die Dokumente prüfen zu müssen. Ein Vorgang, der in Indien Jahre in Anspruch nimmt. Velutha halfen letztlich die Gespräche mit den Konkurrenten, denen er klarmachte, dass sie alle profitieren könnten, wenn sie ihre Verwandtschaft mit dem Verstorbenen gegenseitig bestätigen würden. Schließlich säßen sie alle in demselben Boot.

Nach vier Jahren war es endlich so weit. Ein Grundstück in dem Dorf Bhilai am nördlichen Rand von Raipur wurde in zwölf Parzellen geteilt und ein kleines Stück Land durfte Velutha schließlich sein Eigen nennen.

Den Grundstücksteil mit der Villa bekam er nicht zugesprochen. Sein Geld hatte nicht gereicht, um den

Beamten zu bestechen, der die Aufteilung vornahm. Die anderen hatten mehr geboten. Und von dem restlichen Vermögen des reichen Verstorbenen war nichts geblieben. Zumindest behauptete das die Behörde.

Ihm blieb ein Stück ehemalige Rasenfläche, auf der das Unkraut meterhoch wuchs.

Mit den wenigen Rupien, die ihm geblieben waren, kaufte er ein paar Hühner und baute einen Stall. Bald konnte er die ersten Eier und nach wenigen Wochen Küken auf dem Markt verkaufen.

Weil die Geschäfte gut liefen, beschloss Velutha zusätzlich eine Ziege zu erwerben.

Welcher Ärger ihm damit ins Haus stand, konnte Velutha zu diesem Zeitpunkt nicht ahnen.

In den kommenden Wochen hielt die Ziege die Gräser und Kräuter auf seinem Land kurz, doch das genügte ihr keineswegs. Sobald er sich umdrehte und sie aus den Augen ließ, büxte sie aus und überschritt Grenzen und durchbiss Hecken. Eine besondere Vorliebe entwickelte sie für die Blumen, die im Nachbargarten wuchsen.

Die Leute in dieser Gegend waren schwierig. Besonders der Nachbar mit den Blumenbeeten. Velutha hatte gesehen, wie der Mann mit Steinen nach der Ziege warf und wie er versuchte, sie mit dem Wasserschlauch zu vertreiben.

Das Verhalten des Nachbarn ärgerte ihn, aber er ließ sich nicht provozieren. Vielmehr beschäftigte ihn die Frage, ob sich mit der Ziege nicht ähnlich verfahren ließ wie mit den Hühnern. Er wollte mehr als Ziegenmilch auf dem Markt verkaufen. Er rechnete sich aus, wie viel er für die Zicken verlangen könnte. Er beschloss, einen Ziegenbock zu erwerben.

An dem Tag, an dem er mit dem Bock zurück zu seinem Grundstück kam, war die Ziege verschwunden.

Velutha war nie bereit gewesen, Ereignisse einfach hinzunehmen. Was sollte er mit dem Bock ohne die Ziege?

Er band den Ziegenbock an den Pflock, den er vor einiger Zeit für die Ziege in den trockenen Boden gerammt hatte und machte sich auf die Suche nach dem weiblichen Gegenstück.

Auf seinem Weg durch die umliegenden Straßen erfuhr er von einem Ziegeneinsatz der örtlichen Polizei und lenkte seine Schritte unverzüglich zur Polizeistation.

Von einem unfreundlichen Beamten erfuhr er, dass eine Ziege in einem fremden Garten die Beete zertrampelt und die Blumen und Sträucher abgefressen hätte. Sie sei verhaftet worden und befände sich in Gewahrsam. Gegen eine angemessene Kaution könne er sie mitnehmen.

Velutha hatte auf dem Markt Eier und Küken verkauft. Obwohl er von dem Geld den Ziegenbock erworben hatte, waren ein paar Rupien übrig geblieben. Auch wenn es ihn ärgerte und schmerzte, er wollte die Ziege zurück. Ohne Ziege keine Zucht, dachte er und blätterte seine letzten Geldscheine auf den Tisch.

Bevor er endlich mit seiner Ziege nach Hause gehen konnte, hatte er noch einen unerfreulichen Disput mit einem jungen Polizisten, der sich lamentierend über das Verhalten seiner Ziege ausließ, sie ihm schließlich jedoch aushändigte.

Als Velutha endlich mit der Ziege auf dem Heimweg war, spürte er seinen Groll gegen die Welt wie einen dicken Kloß in seiner Magengegend. Ein Kloß, der wuchs und sich breitmachte und bereit war, zu explodieren.

Für einen kurzen Moment schien der Klumpen sich zu verflüssigen, als er mit der Ziege am Strick seine Wiese erreichte und sah, wie der Bock sich von seinem Pflock losriss und Ziege und Bock aufeinander zurannten, als würden sie sich aus einem früheren Leben kennen und hätten nur auf ein Wiedersehen gewartet.

Dass sie gemeinsam durch die struppige Hecke, welche sein Grundstück von dem des verhassten Nachbarn trennte, hindurchschlüpften und dort gemeinsam das verdammte Blumenbeet zertrampelten, gefiel ihm weniger. Es dauerte nicht lange und er hörte die Schreie des Gartenbesitzers. Natürlich versuchte er, die Ziegen zurückzuholen. Als er durch die Hecke schlüpfte, sah er die Tiere mitten in einem Blumenrondell, wo sie gemeinsam an einer schäbigen Rose knabberten. Der Nachbar stand auf seiner Veranda.

Als Velutha seine Ziegen erreichte, fiel der erste Schuss. Der Knoten in seinen Eingeweiden schwoll an und wurde härter.

Die Ziegen hingegen standen aneinandergeschmiegt und teilten sich voller Genuss die letzte vorhandene Rosenblüte.

Mit dem zweiten Schuss platze der Knoten in Veluthas Magen und entfachte in ihm einen neuen Kampfgeist. Bisher hatte er seine Handlungen mit Ruhe und Überlegung durchgeführt, nun fühlte er eine Aufwallung von gefährlichen Gefühlen in sich aufsteigen.

Auf dem Boden lagen die dunkelgrauen Kotkugeln, welche die Ziegen beharrlich absonderten, und der moschusartige Geruch, der von ihnen ausging, stieg ihm in die Nase.

Ziegendung sind handgroße kugelförmige Ausscheidungen, die wie Kanonenkugeln aussehen und Velutha an Kricketbälle erinnerten. Er bückte sich und hob eine auf. Velutha war in seiner kurzen Schulzeit einer der besten Werfer der Kricket-Mannschaft gewesen. Er hielt die Dungkugel wie einen Kricketball, konzentrierte sich kurz und warf. Die Dungkugel traf krachend in das Verandageländer. Dort stand der Nachbar und strahlte mit aufrechtem Stand und dem Gewehr im Arm die Autorität eines Würdenträgers aus. Die nächste Dungkugel, die ihm den Turban vom Kopf schlug, ließ ihn zusammenzucken und weniger würdevoll aussehen. Sein Gesicht verzerrte sich. Ein weiterer Gewehrschuss fiel, jagte über Veluthas Rücken hinweg, der sich nach weiteren Kugeln bückte und Velutha ballerte zurück. Die nächste Kugel schoss durch ein Fenster in das Innere des Hauses. Das Klirren der berstenden Scheibe vermengte sich mit weiteren Schüssen, den aufgeregten Rufen herbeieilender Menschen, dem Meckern der Ziegen und dem Heulen einer Polizeisirene. Als eine der Ziegen mit den Hinterhufen einknickte, warf sich Velutha schützend über sie.

Dass Velutha sich an den Rest des Geschehens später nicht erinnern konnte, war vielleicht ein Glück. Als er erwachte, lag er bandagiert und mit Schmerzen auf einer harten Pritsche. Als er nach einigen Minuten versuchte, sich zu orientieren, stellte er fest, dass der kahle Raum, in dem er sich befand, eine Zelle war. Tröstlich empfand er, dass sich außer ihm die Ziege in dem Raum befand. Der Geruch ihrer Ausdünstungen brachte ihm die Erinnerung zurück und seine erste Sorge galt dem Ziegenbock. Die Ziege konnte ihm keine Antwort geben und höllische Kopfschmerzen warfen ihn zurück auf sein Lager.

Er erwachte erst wieder, als ein viel zu heller Lichtschein durch ein winziges Fenster in die Zelle drang. Jemand hatte ihm ein paar Dosa und Linsenreiskuchen mit Chutney gebracht und auf den Boden gestellt. Gerade noch konnte er ein paar davon retten, bevor die Ziege sich alles einverleibt hatte.

Als er mit seinem Frühstück fertig war, erschien ein Beamter, der sich als Deputy Commissioner Bharucha vorstellte, und ihn mit zu einer Befragung nahm.

Im Verhörraum notierte er Veluthas Personalien, las ihm seine Verstöße vor und ließ sich den Tathergang aus Veluthas Sicht schildern.

Als das erledigt war, erklärte der Commissioner, dass Velutha noch an diesem Vormittag dem Richter vorgeführt würde. Zusammen mit der Ziege. Übrigens, die andere Ziege hatte nicht überlebt und wurde einem Metzger übergeben. Die 1.500 Rupien, die der Händler für die Ziege gezahlt hatte, würden Velutha ausgehändigt, falls er entlassen würde. Doch erst müsse geklärt werden, ob er eine Entschädigung wegen der zertrampelten Blumenbeete und der zerborstenen Fensterscheibe leisten müsse.

Der zuständige Richter war ein junger Mann von höchstens dreißig Jahren. Seine streng gescheitelten Haare, das blütenweiße Hemd und der dicke Goldring an seiner linken Hand täuschten nicht über seine Ratlosigkeit hinweg.

Wie Velutha im Flur des Gerichtsgebäudes aufgeschnappt hatte, war der Richter erst seit einer Woche im Amt und hatte bereits darüber verfügen müssen, was mit einer Ziege zu geschehen habe, die von der Polizei festgenommen worden war. Ein Vorgang, der offenbar in seinem Studium nicht behandelt wurde.

Hatte der Richter Velutha zunächst harsch seinen Platz im Saal zugewiesen, wurde seine Stimme verhaltener, als er Velutha Krishan Aggawal mit seinem vollen Namen ansprach. Und mehrmals von den Papieren vor sich zu Velutha und zurück schaute, bevor er nachfragte, ob dies wirklich sein Name sei.

Wie er oft in seinem Leben erfahren hatte, war es in solchen Situationen nützlich, mit der größtmöglichen Selbstverständlichkeit zu reagieren. Er nickte kurz und verwies auf seine Geburtsurkunde, die, welches Glück, längst nicht mehr neu aussah wie vor vier Jahren, als er sie erworben hatte, sondern zerknittert, fleckig und an einigen Stellen eingerissen. Gerade so wie eine Geburtsurkunde aussieht, die sechsundzwanzig Jahre lang in Brieftaschen, Mappen oder Schubladen verbracht hatte.

Der junge Richter befand sich offensichtlich in einer unangenehmen Situation. Mehrfach strich er mit dem Zeigefinger zwischen seinem eng sitzenden Hemdkragen und dem Hals entlang. Mit einem blütenweißen Taschentuch wischte er sich den Schweiß von der Stirn. Es war klar, er wusste nicht, wem er trauen sollte. Veluthas Nachbarn, der ein wichtiger Mann zu sein schien und den jeder kannte, oder Velutha, der weiterhin auf seine Geburtsurkunde und damit auf seine vermeintlich gute Herkunft verwies.

Darüber, wer angefangen hatte, bestand Uneinigkeit. Der Nachbar behauptete, er sei mit Ziegendung beworfen worden und das Gewehr, das er rein zufällig im Arm gehalten hatte, sei daraufhin losgegangen. Velutha bestand darauf, dass zuerst ein Schuss gefallen war, und er erst danach mit Ziegendung geworfen habe, um weitere Schüsse zu verhindern.

Gesehen hatte niemand etwas.

Die ganze Nachbarschaft, die über den Vorfall befragt wurde, konnte die Souveränität des Nachbarn, der sich als ein angesehener pensionierter Richter herausstellte, bestätigen. Wohingegen niemand für Velutha bürgte.

Nach drei Stunden Befragung der zerstrittenen Parteien und der Zeugen, die nichts bezeugen konnten, stand es schlecht für Velutha.

Er wäre nicht Velutha, wenn er nicht im letzten Moment eine Idee gehabt hätte. Da gab es die elf anderen, mit denen er sich das Grundstück teilten musste. Elf Personen, die wie er Aggawal hießen, die vorgegeben hatten, Verwandte des berühmten Verstorbenen zu sein, die alle einen Teil der Hinterlassenschaft, einen Teil des Grundstücks erhalten hatten und die sicherlich nicht wollten, dass irgendwer herausfand, dass hier etwas ganz und gar nicht mit rechten Dingen zugegangen war. Diese elf Personen benannte Velutha als Zeugen, die seinen guten Leumund bestätigen sollten.

Als am späten Nachmittag alle Zeugen befragt und damit Veluthas Ruf hergestellt war, zeigte sich der junge Richter ratloser als zuvor. Auch der schreckliche Nachbar wurde im Laufe der Verhandlung nachdenklicher. Gedankenverloren strich er sich über den Bart.

Es stand pari für beide Parteien. Inzwischen waren alle, die Beteiligten, die Zeugen, die Gerichtsbediensteten, die Zuschauer müde und unkonzentriert und der Richter, der endlich Feierabend machen wollte, schlug eine Beilegung des Streites vor.

Veluthas Nachbar schaute schläfrig aus halbgeöffneten Augen, als sich eine Fliege auf seinen langen Bart setzte. Er beugte den Kopf, um zu schauen, was sie dort machte, hob den Kopf, als der Richter seinen Namen aussprach und dieses Beugen und Heben des Kopfes verstand der Richter als Nicken.

Er schlug kräftig mit dem Richterhammer auf den Tisch und verkündete, dass sich die Parteien hiermit einig seien, sich zu vergleichen und dass das Verfahren damit aufgehoben sei.

Überrascht schaute der Nachbar auf und nickte ernsthaft.

Und Velutha? Der ließ sich seinen Triumph nicht anmerken und reichte dem Widersacher frech die Hand. Leicht irritiert und nach kurzem Zögern nahm dieser die dargebotene Geste an.

Velutha sagte nichts, dachte jedoch, dass es schließlich in einem geordneten Land möglich sein müsse, dass jeder erreichen kann, was er sich vorstellte.

Endlich standen sie pari.

IN EINEM MÄRCHENHAFTEN LAND

Es gibt Orte, da ist alles, wie man es sich im Märchen vorstellt. Es gibt ein Schloss, idealerweise auf einem Berg gelegen, damit man von dort aus nicht nur das Tal, sondern auch den Haufen kleiner und größerer Häuser am Fuße des Berges überblicken kann. Da wohnen die Zwerge mit ihren Familien und sind bereit, falls es nötig sein sollte, das Schloss, den Berg und das friedliche Dorf zu verteidigen.

Die wilden Horden, die Chaos und Unordnung in die heile Märchenwelt bringen würden, sind vom Schloss aus frühzeitig auszumachen. Am besten steigt man einen der beiden hohen Türme hinauf bis unter das glockenförmige Dach und schaut von dort über die weite flache Landschaft bis nach Hordenland. Denn von dort kommt die Gefahr.

Das Mädchen Gwendolin lebte seit Jahrzehnten auf einem der Türme in einer winzigen Kammer. Mit dem Gemüt einer 17-jährigen ausgestattet, merkte ihr niemand die hundert Jahre auf dem Turm an. Nur die Einsamkeit steckte ihr in den Knochen, die mit der Zeit steif und unbeweglich wurden, sodass sie nur still sitzen konnte. Sie hatte einen bequemen Sessel, der so im Raum platziert war, dass sie mühelos und ohne sich zu bewegen aus dem kleinen quadratischen Turmfenster blicken konnte.

Damit war sie von unschätzbarem Wert für die Schlossgemeinschaft und den Ort unterhalb des Berges. Denn sie konnte die Gefahr beizeiten kommen sehen.

Als die erste Gefahrenwelle heranrollte, hatte Gwendolin die Bürger rechtzeitig gewarnt, sodass die Zwerge eine gewaltige, mit Stacheldraht und Speerspitzen bewehrte Mauer um das Dorf und um den gesamten Berg mit dem Schloss auf seiner Kuppe gebaut hatten.

Die Angreifer, die versuchten, die Mauer zu erklimmen, scheiterten an der metallischen Wehrhaftigkeit der Mauerkrone.

Bei der zweiten Gefahrenwelle Jahrzehnte nach der ersten entdeckte Gwendolin die Angreifer später, dennoch schafften es die Zwerge, einen breiten Graben vor der Mauer auszuheben und mit Wasser zu füllen.

Die meisten Angreifer ertranken, einigen gelang es, bis zur Mauer zu schwimmen und in dem alten und marode gewordenen Mauerwerk ein Schlupfloch zu finden. Es waren wenige, die es in das Dorf und sogar bis ins Schloss schafften. Aus Angst erkannt zu werden, verbargen sie sich in Kellern und Schobern.

Mit den Jahren, die vergingen, kamen sie nach und nach aus ihren Verstecken und mischten sich unter das Volk. Gab es anfangs noch misstrauische Blicke, nahm nach einiger Zeit niemand mehr Notiz von ihnen. Es war, als gehörten sie dazu.

Es vergingen weitere Jahrzehnte, das Leben nahm seinen Lauf und an eine ernsthafte Gefahr dachte niemand mehr. Die wilden Horden, vor denen sich alle gefürchtet hatten, waren längst zerfallen und zerstritten. Einzelnen Mitgliedern der Horden gelang es, auf den bekannten Wegen in das abgeschottete Reich zu gelangen. Die Zwerge, die Schlossbewohner und Gwendolin waren müde, alle Aufmerksamkeit auf die Gefahrenabwehr zu richten und gleichzeitig wurden sie träge und vertrauten darauf, dass der Frieden anhielt und alles gut ging. Sie begegneten den Eindringlingen mit zunehmender Gelassenheit und Offenheit. Schließlich bauten sie eine Brücke über den Graben und schlugen einen Durchlass in die Mauer, damit die ehemals Wilden ohne das Risiko zu ertrinken oder abzustürzen in das Innere des Schlossreiches gelangen konnten.

Diesen Neuankömmlingen, die nicht wild, sondern nur anders waren, gefiel es in dem kleinen ordentlichen Reich, wo alles seinen Platz hatte. Sie mochten das saubere Dorf mit den geraden Straßen und den fleißigen Zwergen. Sie mochten die klar verteilten Zuständigkeiten im Schloss und sie liebten die Weitsicht Gwendolins.

Mit der Zeit fanden sie ihren Platz in der Ordnung des Dorfes unterhalb des Berges, auf dem das Schloss saß wie eine Krone auf dem Haupt der Königin.

Zwar waren sie den Zwergen untergeordnet, dafür mussten sie nicht so fleißig sein wie diese. Das erschien ihnen angemessen, denn sie hatten nicht gelernt, Mauern zu bauen oder Gräben auszuheben. Alles, was sie gelernt hatten, war zu kämpfen, zu erobern und Krieg zu führen. Zu den Horden zurück wollten sie keinesfalls, denn sie waren des Kriegführens überdrüssig.

So fügten sie sich und ließen sich von den gutmütigen Zwergen versorgen und einige schafften es, bis ins Schloss zu gelangen und zu guten Schlossbewohnern zu werden.

Während all dieser Jahre und Jahrzehnte saß Gwendolin in ihrem Turmzimmer und blickte hinaus auf das offene Land, das längst nicht mehr flach und übersichtlich vor ihr lag, sondern von zunehmendem Dickicht bewachsen wurde.

Was unterhalb ihres Turmzimmers im Schloss und unterhalb des Schlosses im Dorf vor sich ging, davon bekam sie nichts mit. Ihre Aufgabe bestand darin, in die Ferne zu blicken. Nicht nur ihre Knochen wurden von der Einsamkeit auf dem Turm unbeweglicher, auch ihre Augen litten unter dem einseitigen Blick in die Ferne. Schon lange erkannte sie nicht mehr, was vor ihr lag, und ihre Sicht nach außen wurde trübe. Klar sehen konnte sie nur innerhalb ihres Turmzimmers. Da war nicht viel mehr als unverputzte Wände, der weiche Sessel, in dem sie saß, und sie selbst. Vor sich sah sie den quadratischen Ausschnitt des Fensters, hinter dem Regenwolken aufzogen.

Die Nähe der sie umgebenden Wände schien ihr fern und die Ferne lag weit draußen unsichtbar hinter den endlosen Wäldern. Hordenland lag versteckt hinter dem Horizont.

Auch das Wetter hatte sich gewandelt. Seit langer Zeit war der Himmel über dem Schlossreich nicht mehr blau wie zuvor und von der Sonne wusste niemand, ob es sie noch gab, dafür zog der Nebel in das Dorf ein. Es war ein dichter, tief liegender Nebel, den Gwendolin nicht

wahrnahm, weil ihr Turm aus den Nebelschwaden her-
ausragte. Sie sah den grauen Himmel, jedoch die dunklen Vögel, die in Scharen den Turm umschwärmten, bemerkte sie mit ihrer Sehschwäche nicht. Wie hätte sie da
eine aufkeimende Gefahr erkennen können? Noch dazu
eine, die nicht über das vor der Mauer liegende Land
kam. Auch nicht von den dunklen Vögeln am Himmel.
Vielmehr kam die Gefahr aus dem Inneren, unsichtbar
und lautlos war sie weder zu riechen noch zu fassen.
Nur ahnen konnte man sie.

Wenige Bewohner des Schlossreiches nahmen eine
Erschütterung in ihrer Seele wahr, die sie nicht benennen konnten. Einige glaubten Gefahr zu spüren, konnten aber nicht ausmachen, aus welcher Richtung sie
kam. Andere glaubten Zeichen im Traum zu sehen und
wurden für verrückt gehalten. Die meisten bemerkten
nichts weiter als einen Anflug von Gedanken, die sich
schnell verflüchtigten. Das Unsichtbare und Unbegreif-
liche schlich sich langsam in das beschauliche Leben der
Reichbewohner ein.

Die Gefahr kroch in die Gehirne der Schlossbewohner, in die der Zwerge und in die der Anderen. Die Gefahr breitete sich aus wie ein Virus. Blicke, Worte,
Gesten und Handlungen übertrugen sie. Man konnte ihr
nicht entkommen. Manche Bewohner schlossen sich in
ihren Häusern ein, doch das half nur vorübergehend.
Innerhalb kurzer Zeit brach die schöne Ordnung des
Reiches zusammen, das kleine Dorf war nicht mehr
sauber und schön und die geordnet angelegten Straßen
gaben ihre Gradlinigkeit auf und krümmten ihre
Rücken unter der Last der falschen Gedanken. Die Gefahr erfasste nach und nach alle Bewohner des Reiches.

Nur Gwendolin auf ihrem Turm wurde nicht befallen. Sie saß bis zum Ende unbeweglich in ihrem Sessel und schaute mit blinden Augen in eine Ferne, die keine Bedeutung mehr hatte.

DANKE, DANKE, DANKE an alle Helfer und Unterstützter. Die professionellen und die privaten.
Beginnen will ich mit meiner Autorengruppe, in deren Mitte so manche Idee geboren wurde. Danke auch an Marianne und Robert, die mich ermutigt haben zu schreiben und daran zu bleiben. Danke an Dagmar und Hans-Joachim (Schneider & Schneider GbR) für das tolle und hilfreiche Lektorat, für alle Hinweise und Verbesserungen. Danke an Meike Licht für den finalen Blick auf meinen Text.
Danke an alle Wegbegleiter, die mir zugehört, die mich unterstützt und mich ermuntert haben.

NUR DIE SPITZEN

Eine Busfahrt entpuppt sich als Himmelfahrtskommando, das Haar als Albtraum, die Waschmaschine als Symbol der Einsamkeit.

Acht Autoren beleuchten in 26 Geschichten die Welt – ausschnitthaft, schlaglichtartig. Alltag und Ausnahmezustand, Rausch und Rollenklischees, Projektion und Paranoia.

ISBN 9 783732 244348

Die Short Storys von Christine Ammann, Lutz Becker, Julia Faust, Jannechie Groz, Monika Hambuch, Kirsten Knauf, Dagmar Quadder und Cecilia Nues Raimundo, so schreibt Peter Henning im Vorwort, „leisten manchmal auf einer Seite, was ein Roman auf zweihundert tut".

Auch als E-Book erhältlich